Der Besuch der Ahnfrau und andere Geschichten

Wolfgang Beringer

Der Besuch der Ahnfrau und andere Geschichten

Bibliografische Information der Deutschen Bibliothek:
Die Deutsche Bibliothek verzeichnet diese Publikation in der Deutschen
Nationalbibliografie; detaillierte Daten sind im Internet über
<http://dnb.ddb.de> abrufbar.

© 2005 Wolfgang Beringer
Herstellung und Verlag: Books on Demand GmbH, Norderstedt
ISBN 3-8334-3855-X
Titelbild: Bildnis der Sängerin Karoline von Hetzenecker, Gemälde von
Moritz von Schwind 1848
Bildnachweis: akg – images, Berlin

Inhalt

Das Praliné

Den ganzen Tag hatte es geschneit. Meine Mutter wollte mich aufgrund des schlechten Wetters keinesfalls nach draußen lassen, obwohl ich mit Karl zum Schlittenfahren verabredet war.

Ich drückte meine Nase an der Fensterscheibe platt und verfolgte sehnsüchtig jede Schneeflocke, in der Hoffnung, es möge die letzte sein. Anfänglich versuchte ich sie zu zählen, was ich in Anbetracht ihrer großen Zahl bald aufgab.

Ich sah große und kleine Flocken sanft herniederschweben. Manche verirrte sich auf die Fensterscheibe, um dann ihre Zartheit in einen groben Tropfen zu verwandeln, dem nichts anderes einfiel, als eine feuchte Spur zu hinterlassen, sich am Fenstersims mit anderen zu treffen, um dann gemeinsam in der Dunkelheit zu verschwinden.

»Es hat aufgehört zu schneien«, rüttelte meine Mutter mich aus meinen Träumen. Mit tausend Ermahnungen entließ sie mich in die Freiheit.

»Hast du deine Handschuhe dabei? Und setz deine Mütze auf, sonst holst du dir eine Erkältung.«

»Ja, Mutti, ich hab alles.« »Und bei beginnender Dämmerung bist du zuhause«, schärfte sie mir ein.

Ich steckte widerwillig den Apfel ein, den sie mir reichte und war mit einem eiligen Adieu zur Türe hinaus.

Schnell lief ich bei Karl vorbei, um ihn abzuholen. Seine Mutter sagte, er sei schon lange am Knauerbergerl.

Alle meine Freunde waren schon da und hatten längst eine Schlittenbahn herausgefahren.

So schnell ich konnte, stapfte ich den Berg hinauf und mit dem lauten Ruf »Aus der Bahn« raste ich mit meinem Schlitten den Hang hinab. Unter Schreien und Lärmen ging's hinauf und hinunter, je waghalsiger, desto schöner, je wilder, desto lustiger.

Bewusst provozierten wir Zusammenstöße, um dann Schneebällen gleich in den Flachteil herunterzurollen. Unter Geplapper und Gelächter zogen wir unsere Schlitten wieder nach oben.

Über unseren waghalsigen Schlittenfahrten vergaß ich die Zeit und meine strenge Mutter.

Erst als die Laternen an der Treppe aufleuchteten, wurde ich mir plötzlich der Dunkelheit bewusst und dass ich zu spät nach Hause kommen würde. Mindestens gab es ein Donnerwetter, vielleicht sogar den Teppichklopfer.

Karl vertraute ich meine Sorgen an. »Warte, bis dein Vater kommt«, schlug er vor.

Das war die Lösung! Jeden Tag gegen sechs Uhr kam mein Vater auf dem Weg von der Trambahn zu unserer Wohnung über die Treppe herunter am Knauerbergerl vorbei.

Ich würde auf ihn warten und mit ihm zusammen nach Hause gehen. Vielleicht konnte ich so der Strafe entgehen.

»Hast wohl Angst vor deiner Mutter«, neckte mich Karl. »Angsthase, Angsthase«, skandierten die Kameraden.

»Ich bin kein Angsthase«, hielt ich ärgerlich dagegen,

vom Teppichklopfer mochte ich nichts erzählen. »Dann geh' ich halt jetzt heim«, meinte ich zögernd.

»So war's ja nicht gemeint«, sagte Karl versöhnlich. »Fahren wir noch einmal runter und danach schau'n wir, wo dein Vater bleibt. Vielleicht gibt er dir ja ein paar Groschen. Damit können wir uns was beim Knauer kaufen.«

Wir stapften wieder nach oben. Auf halber Höhe entdeckte ich meinen Vater, wie er gerade die Treppe betrat.

»Papi, Papi«, rief ich erleichtert und lief, Karl zurücklassend, auf meinen Vater zu.

»Fritzchen, du bist noch hier? Solltest du nicht schon zuhause sein?«, begrüßte er mich trotz des leisen Vorwurfs mit einem Lächeln in seinen Augen.

»Ja, schon, aber Mutti hat mich erst ganz spät weggelassen und wir haben eine Schneeballschlacht gemacht und die anderen sind ja auch noch alle da«, antwortete ich atemlos.

»Und jetzt soll ich wohl bei deiner Mutter alles wieder richten?«

»Bitte, ja? Und kann ich ein paar Groschen für Schokolade haben? Bitte, bitte!«, schmeichelte ich, wusste ich doch, dass mir mein Vater keinen Wunsch abschlagen konnte.

Mein Vater strich mir sanft über den Kopf, kramte nach seinem Geldbeutel und gab mir zwei Zehn-Pfennig-Stücke.

»Das muss genügen. Wenn ihr die Schokolade gegessen habt, kommst du schnurstracks nach Hause. In der Zwischenzeit hat sich Mutti hoffentlich beruhigt.«

»Danke, Papi, vielen, vielen Dank.« Mit einem Schmatz verabschiedete ich mich von ihm und eilte zu Karl zurück.

»Mein Vater hat mir zwei Groschen gegeben«, teilte ich Karl mit. »Was kaufen wir uns dafür?«, fragte er.

»Was heißt hier wir, schließlich hab ich die Groschen bekommen«. »Warum erzählst du's mir dann?«, schmollte Karl.

»Na gut«, lenkte ich ein, »kaufen wir uns beim Knauer zwei Eis davon«. So schnell wir konnten, liefen wir zur Konditorei Knauer.

Außer Atem kamen wir an und betraten den Laden. Das Klingeln der Ladentüre holte Frau Knauer aus dem Hinterraum. »Was möchtet ihr denn?«

Wir betrachteten eingehend die Auslagen hinter und auf dem Tresen. Da boten sich Schokolade und Schokoladenbruch, Plätzchen und kleine Törtchen an. Und unzählige Sorten Pralinés türmten sich sorgfältig sortiert auf dem Ladentisch.

»Was kostet ein Praliné?«, wollte ich wissen. »30 Pfennig«, war die Antwort. Das war zuviel für unseren Beutel.

»Möchtet ihr vielleicht ein Bonbon oder ein Stück Schokolade?« Wir drucksten unschlüssig herum.

Frau Knauer wurde ungeduldig. »Habt ihr überhaupt Geld?« Stolz wies ich meine zwei Groschen vor.

»Das langt grad' für einen Schokobruch oder zwei Eiskugeln«, sagte sie. »Genau, zwei Vanilleeis«, sagte Karl betont. Ich nickte nur. Frau Knauer verschwand im Hinterraum, wo die Eismaschine stand.

»Ich hätt' so gern mal ein Praliné gegessen«, sagte ich zu Karl, »das ist nichts für kleine Kinder, behauptet meine Mutter immer.«

»Nimm dir halt eines«, forderte Karl mich auf. »Meinst du wirklich?« und ohne auf eine Antwort zu warten, griff ich zu und steckte ein Praliné in den Mund.

Karl schaute mit offenem Mund zu, hatte er die Aufforderung doch nicht so wörtlich gemeint. Da kam auch schon Frau Knauer mit zwei Eistüten zurück.

Ich wagte nicht mehr zu kauen und streckte ihr schweigend die zwei Groschen hin. Frau Knauer nahm sie und reichte uns die Eistüten über die Theke.

Karl stand immer noch mit offenem Mund. »Fehlt dir was?«, fragte Frau Knauer. Endlich schloss er den Mund, um gleich darauf herauszuplatzen: »Er hat ein Praliné genommen.«

Ich konnte nicht gleich etwas sagen, da mir das Praliné noch im Hals steckte. Also versuchte ich, es schnell runterzuschlucken, um etwas erwidern zu können. Dabei verschluckte ich mich und bekam einen heftigen Hustenanfall. Karl klopfte mir schließlich auf den Rücken, allerdings so heftig, dass ich beinahe in die Theke gefallen wäre. Und dabei spuckte ich das corpus delicti aus. Die Eiskugel fiel aus der Eistüte und klatschte gegen die Glasabdeckung der Theke, wo sie langsam tauend nach unten rutschte, wie eine überdimensionierte Schneeflocke.

Eine lange, ewige Minute herrschte Totenstille im Verkaufsraum. Frau Knauer blickte strafend auf mich herab.

Vor ihren gestrengen Blicken wurde ich kleiner und immer kleiner. Schließlich durchbrach die scharfe Stimme von Frau Knauer die Mauer des Schweigens: »Du hast gestohlen«.

Sie kam hinter der Theke hervor, packte mich am Anorak und schob mich vor sich her in den rückwärtigen Raum. Ich war viel zu erschrocken, um Anstalten zur Flucht zu machen.

»Du kommst auch mit«, sagte sie zu Karl. »Setzt euch hier auf die Stühle und wartet. Ich schicke jemand, der deinen Vater holt. Wenn er da ist, sehen wir weiter.« Frau Knauer ging wieder in den Verkaufsraum, um neue Kunden zu bedienen.

»Du bist eine elende Petze. Erst rätst du mir zu und dann verpfeifst du mich.«

Karl streckte mir herausfordernd seine Zunge entgegen. Hilfe war von ihm nicht zu erwarten. Was sollte ich nur machen?

Das Beweisstück war vor aller Augen aus meinem Mund gefallen und von Frau Knauer mit einer Serviette sichergestellt worden.

Und gleich würde mein Vater kommen. Sicher setzte es Hausarrest und Groschen für Süßigkeiten würde es auch lange keine mehr geben.

Ach was, dachte ich, nach einer Woche ist alles wieder vorbei und Papi wieder der alte.

Schlimmer war meine Mutter. Sie würde versuchen, eine Tracht Prügel bei meinem Vater durchzusetzen. Ich wollte ganz zerknirscht tun. Vielleicht konnte ich so das Schlimmste verhindern.

Ein Schatten fiel über mich. Ich sah auf und meinem Vater direkt ins Gesicht.

Er sah schweigend auf mich herunter. Ich suchte seine Augen, um darin sein Lächeln zu erkennen und fand nur unendliche Enttäuschung.

Da erst wurde mir die Schwere meiner Verfehlung in ihrer ganzen Tragweite bewusst. Ich hatte nicht nur etwas gestohlen. Was viel schwerer wog, ich hatte meinen Vater verletzt. In seinen traurigen Augen las ich mein Urteil. Ich hatte sein Vertrauen verspielt.

Er nahm mich ungewohnt energisch bei der Hand, ging mit mir in den Verkaufsraum zurück, verlangte, dass ich mich bei Frau Knauer entschuldigte, bezahlte das Praliné und ging mit mir nach Hause.

Mein Kopf glühte, meine Wangen waren hochrot vor Scham, als hätte ich rechts und links eine Ohrfeige bekommen. So trat ich meiner Mutter entgegen, die uns schon an der Tür empfing.

Ich wurde ohne Schläge ins Bett geschickt, ohne Essen und vor allem ohne Gute-Nacht-Kuss von meinem Vater, ohne einen Blick von ihm.

Lange lag ich wach, schämte mich, haderte mit meinem Vater, um gleich wieder meine Tat bitterlich zu bereuen.

Lieber hätte ich alle Schläge der Welt ertragen, als diese schweigende Traurigkeit meines Vaters.

Ich weinte heftig über die Ungerechtigkeit der Welt und mich schließlich in einen unruhigen Schlaf.

Wochenlang war das herzliche Einvernehmen zwischen meinem Vater und mir nachhaltig getrübt.

Er sprach kaum mit mir und sah mich immer nur mit seinen traurigen Augen an.

Während der kommenden Monate war ich der folgsamste Junge, den man sich nur denken kann. Auch meine Mutter war von meinem Wohlverhalten angetan.

Die Zeit heilte auch diese Wunde. Mein Vater sprach wieder öfter mit mir, er lachte wohl auch dann und wann mit mir. Und irgendwann entdeckte ich das Lächeln wieder in seinen Augen.

Aber trotzdem spürte ich, dass zwischen meinem Vater und mir nichts mehr so war wie vor dem Praliné.

Spatzl

Spatzl hat sie nie zu mir gesagt.

Wie hab ich sie eigentlich kennen gelernt? Ist schon so lange her. Ja richtig. Durch eine Anzeige.

Damals lebte ich schon eine Zeit lang ohne Beziehung. Mitte fünfzig krieg ich doch keine mehr. Muss ich halt auf Handbetrieb umschalten. Und wenn's gar nicht mehr geht, muss halt eine Bezahlte her. Ansonsten brauch ich's ja nicht mehr so oft.

Pustekuchen. Hat sich was mit nicht mehr so oft. Manchmal denk ich, im Alter wird das immer schlimmer. Jedenfalls hab ich halt gemerkt, ich brauch's doch. Auf Dauer kann ich nicht allein leben, ich werd's noch mal riskieren.

So kam die Anzeige zustande. »Jung gebliebener Vierziger sucht knackiges Mädel bis Mitte Zwanzig.« Ein bisschen schwindeln muss schon sein. Bin schon immer auf Jüngere gestanden. Alt bin ich selbst, sag ich immer. Dann bin ich erst mal auf Urlaub.

Kamen eine Menge Antworten. So von »Jung gebliebene Fünfzigerin« bis »Hallo Süßer«, nix gscheits war drunter. Nur eine Antwort war die richtige: »Wie wär's mit uns? 24 Jahre jung, süß und knackig.« So begann es.

Wir haben uns in einer Kneipe getroffen. Ich hab ihr angesehen, dass ich nicht ihr Traumtyp war. Sie hat auch gemerkt, dass ich mir was andres vorgestellt hab. War ne Brillenschlange. Steh ich eigentlich überhaupt nicht drauf. Trag selber eine.

Was soll's, hab ich mir gedacht. Einen Versuch ist's allemal wert. Erst sind wir nur zusammen ausgegangen. Ins Kino, zum Essen und so. Einmal haben wir uns total verplappert. Ihre letzte U-Bahn war weg. Blieb ihr nichts anderes übrig, als bei mir zu schlafen.

Ich rühr dich nicht an, bin ja ein Gentleman. Aber sie! So schnell konnt ich gar nicht einschlafen, wie sie schon bei mir war. Hatte ja nicht wirklich was dagegen, im Gegenteil. War schon schnuckelig, die Kleine. Also, so fing das alles an.

Spatzl hat sie nie zu mir gesagt.
Fräulein, noch ein Helles.

Hat sich dann bei mir eingenistet. Kochen konnte sie auch nicht. Hat nicht mal ein Spiegelei in die Pfanne gekriegt. Na ja, was soll's. Hab halt selber gekocht.

Mit der Zeit, schau an, da hat sie dann plötzlich Kochbücher gewälzt und eines Tages war was zum Essen auf dem Tisch. Hat gar nicht schlecht geschmeckt. Und wurde immer besser.

Mit dem Kochlöffel hat sie versucht, das Zepter in die Hand zu nehmen. Hat sich was, Frauen und Zepter, nicht mit mir! Hab sie aber dann doch gewähren lassen. Ist ja viel jünger, muss viel lernen, muss sich entwickeln, also lass ich sie halt.

Hätt ich mal lieber bleiben lassen! Das End vom Lied, sie ist mir auf der Nase rumgetanzt. Hab ihr auch mal die Meinung gegeigt. Hat doch nicht viel geholfen.

Spatzl hat sie auch da nie zu mir gesagt.

Fräulein, noch ein Bier.

Mit der Zeit ist sie immer aufmüpfiger geworden. Ist allein ausgegangen. Wer weiß, was da alles passiert ist. Wollt's gar nicht so genau wissen. Hab ihr immer mehr freie Hand gelassen. Blieb mir gar nichts andres übrig. Immer widerspenstiger ist sie geworden.

Irgendwann hat sie meine Möbel umgestellt. War mir einfach zu viel. Gab einen Riesenkrach. Dann hat sie ein tolles Essen gekocht. Anfangs war ich noch ein bisserl brummig. Je mehr ich gegessen hab, desto besser wurde meine Laune. Alles wieder gut, Kleines? Ja, schon.

Auch da hat sie nicht Spatzl zu mir gesagt.
Noch ein Helles, Fräulein.

Ist alles wieder gut, hab ich geglaubt Hab gar nicht viel drüber nachgedacht. Solang's lief! War mir ganz recht so.

Mit Bett war zwar nicht mehr viel los. Hat mir nicht groß was ausgemacht.

Hauptsache sie war da und ich nicht allein. Ging mir ganz gut damals. Hab gar nicht gemerkt, dass was los war mit ihr. Na bis …

Sie war immer seltener zu Hause. Hat nicht mehr gekocht, den Haushalt vernachlässigt. Und dann hat sie's mir gesagt. Hab 'nen Neuen. Ich zieh aus. Ciao. Und weg war sie.

Da hat sie erst recht nicht Spatzl zu mir gesagt.
Fräulein, einen Klaren.

Ja, so war das. Aus war's. Hat mich ganz schön getroffen. Das Leben geht halt weiter. War wieder recht einsam.

Heute war ich in der Stadt, was einkaufen. Plötzlich steht sie mir gegenüber, am Arm ihr neuer Freund. Viel jünger als ich. Hat ja so kommen müssen.

Ein paar gedruckste Worte gewechselt. Sie dann zu ihrem Neuen: Spatzl, wir wollten doch eine neue Handtasche für mich kaufen. Spatzl hat sie gesagt. Zu ihm!

Fräulein zahlen.
Zu mir hat sie nie Spatzl gesagt.
Nix für ungut, Herr Nachbar.

Der Besuch der Ahnfrau

Ich fühlte mich beobachtet. Mich fröstelte. Trotz der Hitze hatte ich eine Gänsehaut. Beunruhigt drehte ich mich um, blickte nach rechts und links. Nur wenige Passanten waren unterwegs. Sie schlenderten die Straße entlang, blieben hier und da vor einem Schaufenster stehen und gingen dann wieder weiter. Keiner schien mich zu beachten.

Und dennoch, jemand hatte mich im Visier. Langsam bummelte ich weiter die Ladenpassage entlang, verweilte hier und da vor einer Auslage und blieb plötzlich wie angewurzelt vor dem Schaufenster eines Antiquitätenladens stehen.

Ein paar braune Augen blickten mich durchdringend an. Schon seit langem hatte ich diese Augen vergessen. Sie gehörten zu einem Gemälde aus der Zeit um 1840. So eindringliche Augen waren mir kein zweites Mal in meinem Leben begegnet. Jedes Detail des Porträts hatte nur einen Zweck, diesen Augen Leben einzuhauchen.

Da war sie also wieder, die Frau aus dem Bild. Lange betrachtete ich sie. Das von kleinen Löckchen eingerahmte fein geschnittene Gesicht, das hochgesteckte mittelbraune Haar, die mir nur zu vertrauten unergründlichen, dunklen Augen, das schwarzblaue Kleid mit dem weiten Ausschnitt, die zarten Brustansätze und das unergründliche Lächeln ihrer roten Lippen.

Das Portrait hatte einmal meinen Eltern gehört. Nach ihrem Tod glaubte ich, es würde mir helfen, den ersehnten Abstand zwischen mir und meinem Elternhaus zu schaffen, wenn ich alles verkaufte, was eine Brücke zu meiner Kindheit darstellte.

So veräußerte ich Möbel, Silberbesteck, Porzellan, Gläser, einfach alles, obwohl diese familiären Devotionalien sich seit mehr als zweihundert Jahren im Besitz meiner Familie befanden.

Seltsamerweise ging das Bild als letztes weg, als ob es sich gegen seinen Verkauf wehren wollte. Die eigene Vergangenheit lässt sich eben nicht veräußern. Der Blick ihrer Augen zog mich wie damals vor vielen Jahren in seinen Bann.

Das Porträt der Dame kam mit der Erbschaft einer unverheirateten Tante meines Vaters in den Besitz unserer Familie. Da es eine Vorfahrin darstellte, erhielt es einen Ehrenplatz über unserem Biedermeiersofa im Wohnzimmer.

Ich konnte das Bild von Anfang an nicht leiden, fühlte ich mich doch dauernd von der Ahnfrau verfolgt. Wo auch immer im Wohnzimmer ich mich aufhielt, ständig schienen mich ihre Augen durchdringend anzublicken.

Manchmal glaubte ich sogar, sie lächle mir zu. Dann blickte ich schnell weg, nur um später verstohlen wieder hinzusehen.

Was wollte sie von mir? Ich konnte mir keinen Reim darauf machen. Trotz meiner Abneigung übte sie eine starke Anziehungskraft auf mich aus und zwang mich immer wieder, sie zu betrachten.

Eines Tages, ich mochte inzwischen etwa vier oder fünf Jahre alt sein, war ich allein in der elterlichen Wohnung.

Ich war im Wohnzimmer mit meinem Malbuch beschäftigt.

Zum ersten Mal fühlte ich dieses spezielle Kribbeln im Rücken, das ich nur spürte, wenn die Frau aus dem Bild ihre Augen auf mich richtete. Vielleicht lag es daran, dass ich allein zu Hause war.

Unvermittelt hörte ich eine Stimme: »Ich bin hier.«

Erschreckt sah ich auf, vermied aber den Blick zum Bild. Niemand war im Raum. Mehrmals sah ich mich um, konnte aber keine Menschenseele entdecken.

Zögernd wandte ich mich der gemalten Urahnin zu. Sie schien mir zuzulächeln. Hatte sie etwa gesprochen?

Schon wollte ich etwas sagen, als ich meine Mutter zurückkommen hörte. Schnell eilte ich ihr entgegen, um dem unheimlichen Bild zu entkommen.

Nach der Begrüßung beschäftigte ich mich intensiv mit meinem Malbuch, während meine Mutter den Tisch für das Mittagessen deckte. Heimlich warf ich einen Blick auf die Dame. Sie lächelte nicht mehr.

Die nächste Begegnung mit der Ahnfrau ließ etwas auf sich warten, dafür sollte ihr Eindruck umso nachhaltiger sein.

Wieder war ich allein, was öfters vorkam, als mir lieb sein konnte. Immer, wenn meine Eltern ausgingen, ließen sie mich in der Wohnung zurück. Nie nahmen sie mich ins Kino mit, nicht ins Kaffeehaus, ins Theater oder in den Zirkus.

Ich war noch zu klein, um zu verstehen, dass ich vor allem am Abend nicht überall dabei sein konnte. Aber selbst tagsüber und sogar am Sonntag durfte ich nicht an ihrem Leben teilhaben.

Mit einem Trick schlossen sie mich in meinem Zimmer ein. Meine Mutter brachte mir einen Teller Süßigkeiten, vorbereitete Obststücke oder auch ein neues Spielzeug. Sofort machte ich mich über die Süßigkeiten her oder beschäftigte mich mit dem Spielzeug und überhörte dabei das leise Herumdrehen des Schlüssels.

Wenn ich dann merkte, dass ich eingeschlossen war, hämmerte ich gegen die Tür, schrie, plärrte und heulte laut. Es half nichts. Meine Eltern konnten ja nichts hören. Sie waren gar nicht mehr da.

Oft hatte ich mich weit aus dem Fenster gelehnt, die Nachbarn rebellisch gemacht durch mein Rufen und Winken und wäre beinahe einmal aus dem Fenster gefallen.

Das mussten die Nachbarn wohl meinen Eltern erzählt haben. Jedenfalls ließ mein Vater die Fenstergriffe entfernen, um möglichen Unglücken vorzubeugen. Mein Gefängnis war nun perfekt abgeriegelt.

So fügte ich mich resigniert in mein Schicksal, indem ich so tat, als bemerke ich nichts. Dennoch unternahm ich häufig Versuche, meinem Gefängnis zu entkommen.

Den lautstarken Widerstand hatte ich aufgegeben. Aber immer überprüfte ich, in dem ich ganz leise die Klinke herunter drückte, ob meine Tür verschlossen war.

Vorher presste ich mein Ohr zwischen Tür und Rahmen, um zu erlauschen, ob meine Eltern nun beide in ihrem Zimmer waren und den Versuch, mein enges Reich zu verlassen, nicht wahrnehmen konnten.

An einem Sonntag geschah das Unvermutete. Wie lange hatte ich darauf gewartet. Die Tür ließ sich öffnen. Meine Eltern waren sich meiner wohl so sicher, dass sie in der Verriegelung meines Käfigs etwas nachlässig geworden waren.

Leise schloss ich die Tür wieder und zog mich für's Weggehen an. Ich lauschte nach Geräuschen draußen vor meiner Tür und verließ heimlich die Wohnung, als sich nichts regte.

Mein Ziel war der Kindergottesdienst. Im Kindergarten, meiner einzigen Verbindung zur Außenwelt, hatten sie mir davon erzählt.

Ich kam gerade noch rechtzeitig. Alle Kinder saßen schon in der Kirche und sangen. Ich schmuggelte mich auf einen freien Platz und sang andächtig mit.

Diese Stunde der Freiheit genoss ich in vollen Zügen. Einmal etwas zu tun gegen den Willen der Eltern, das Verbot zu umgehen, aus eigener Kraft ein Stückchen ich selbst zu sein, das schien mir jede erdenkliche Strafe wert.

Nach dem Gottesdienst sonnte ich mich in der Anerkennung meiner Kameraden aus dem Kindergarten. Sie bewunderten meine Eigenständigkeit, da sie genau wussten, dass ich niemals zum Kindergottesdienst gehen durfte.

Dann machte ich mich mit einigen Freunden, die in meiner Richtung wohnten, auf den Nachhauseweg. Um meine Eltern sorgte ich mich nicht weiter. Die würden wahrscheinlich noch lange nicht merken, dass ich verschwunden war.

Mein Glück währte leider nicht sehr lange. Mit hochrotem Kopf kam uns mein Vater entgegen, zog mich an den Ohren und machte mir heftige Vorwürfe.

Dann gingen wir zwei schweigend mit hängenden Köpfen nach Hause dem Strafgericht entgegen. Für mich setzte es eine Tracht Prügel, für meinen Vater eine heftige Auseinandersetzung mit meiner Mutter, die ich noch lange bis in mein Gefängnis hören konnte. Das war der einzige Ausbruchsversuch, der mir je gelungen war.

Gewöhnlich entwickelte ich in meiner Einsamkeit aus Langeweile ein Spielritual. Erst stellte ich mein Zimmer auf den Kopf, soweit es meinen geringen körperlichen Kräften möglich war. Dann ordnete ich das Durcheinander neu, passend zu dem Spiel, das mir gerade in den Sinn kam.

So auch an diesem denkwürdigen Tag. Ich zerrte Decke, Kopfkissen und Leintuch vom Bett und drapierte sie malerisch auf dem Boden, um darin zu spielen, baute um und begann ein neues Spiel.

Nach einiger Zeit befriedigte auch das meinen Betätigungsdrang nicht mehr. Und ich suchte nach neuer Beschäftigung.

Das leer geräumte Bett inspirierte meine Phantasie. Ich grübelte, was man damit anstellen könnte. Ich wollte mir einen Thron errichten!

So stapelte ich die drei Teile der Matratze auf dem Lattenrost mühsam übereinander, mit Leintuch, Bettdecke und Kissen wurde mein Thron verkleidet. Und schließlich kletterte ich hinauf und betrachtete mein Reich von oben.

Nach einer Weile fand ich mich angesichts meiner neuen Position nicht angemessen gekleidet. Mühsam kam ich von meinem Hochsitz herunter und stöberte in der alten Truhe herum.

Sie übte auf mich einen magischen Reiz aus, enthielt sie doch allerlei Plunder, Pluderhosen, verschiedene Stoffe, Kopfbedeckungen aller Art, silbern- und goldfarbene Bänder und Schnüre, eben alles, was die Fantasie eines Kindes anregen konnte.

In meinem Gefängnis war mir dieser Krimskrams tröstender Begleiter, denn er half mir, mittels Verkleidung in eine Fantasiewelt der Märchen, Geschichten und Sagen einzutauchen.

Mal war ich Kaiser oder König, mal Ali Baba, der mutige Räuber, mal der kleine Muck, mal die Königin von Saba, mal Aladin, mal der tapfere Robin Hood, mal Scheherezade, mal Sindbad, der abenteuerlustige Seefahrer.

Diesmal wählte ich einen weißen Leinenstoff, der mit einer goldglänzenden Borte eingefasst war und beschloss, mich zum König vom Morgenland zu ernennen.

Als Krone fand ich ein Diadem aus billigem Weißblech, das mit Glasperlen verziert war. Ich umhüllte mich mit meinem edlen Gewand, setzte mir die Krone aufs Haupt und wollte würdig auf meinen Thron zuschreiten, huldvoll nach rechts und links meinem Hofstaat zunickend.

Stattdessen fiel ich der Länge nach zu Boden, weil ich mich in dem viel zu langen Stoff verheddert hatte. Ärgerlich ob meiner verloren gegangenen Würde rappelte ich mich wieder auf, raffte ganz unköniglich meinen Umhang und erkletterte schließlich meinen Thron.

Oben angekommen, grüßte ich mein Volk und hielt Hof. Ich klatschte in die Hände und verlangte von meinem Mundschenk Wein, das einzig richtige Getränk für einen König, wie mir schien.

Bei den Einladungen meiner Eltern hatte ich die Gäste manches Glas Wein leeren sehen und manchmal die Reste in den Gläsern heimlich ausgetrunken.

Ich plapperte Sätze nach, die ich von Erwachsenen aufgeschnappt hatte, in der Annahme, dies würde ein Gespräch ergeben, würdig eines Königs.

»Hast du einen Wunsch?«

Der Klang einer fremden, dunklen, wohlklingenden Stimme erfüllte den Raum.

»Ein Stück Schokoladenkuchen wäre …«

Ich brach abrupt ab. Wer hatte da gesprochen? Es war doch niemand da. Langsam drehte ich mich um.

Und da stand sie in voller Lebensgröße, die Dame aus dem Bild, im Rahmen der weit geöffneten Tür. Ich starrte sie mit offenem Mund an.

»Du brauchst dich nicht vor mir zu fürchten. Ich bin deine Ur-Ur-Ur-Ur-Großmutter.«

»Meine Ur-Ur, was?«, brachte ich zaghaft heraus.

»Großmutter«, kam die Antwort.

»Aha, meine Oma, aber die ist doch schon tot.«

»Nein, nein«, antwortete sie geduldig, »Deine Ur-Ur-Ur-Ur-Großmutter«. »Was ist eine Ur-Ur-Großmutter?«, wollte ich wissen.

Sie gab es wohl auf angesichts meiner Unkenntnis von Urgroßmüttern und sonstigen Vorfahren.

»Eine Verwandte, wie deine Tante, deine Oma, nur viel älter.«

»Wie viel älter?« erkundigte ich mich neugierig geworden.

»Nun ja, ungefähr einhundert Jahre.«

Ich versuchte, mir einhundert Jahre vorzustellen und fing mit den Fingern an zu zählen. Bei der dritten Hand gab ich auf.

»Das ist aber sehr alt«, stellte ich fest und nach einer Pause, »Was machst du hier?«

»Ich besuche dich.«

»Warum?« Sie zögerte.

»Willst du mit mir spielen?«, versuchte ich ihr zu helfen.

»Eigentlich nicht. Ich wollte dir …«

»… eine Geschichte erzählen. Dazu habe ich jetzt gar keine Lust! Spiel lieber mit mir.«

»Nun gut, wenn du es denn so willst.« Sie kam näher.

»Du musst einen Hofknicks machen, schließlich bin ich ja der König.«

Ihre höfische Verbeugung schien mir sehr gelungen. Huldvoll neigte ich mein Haupt.

»Jetzt hilf mir von meinem Thron herunter. Wir wollen zur Tafel schreiten.«

Sie trat vor meinen Aufbau hin und reichte mir ihre Hand. Ich ergriff sie. Sie war kalt wie Eis. Fast hatte ich Angst, mich auf sie zu stützen.

»Ich halte dich schon«, hauchte sie fast unhörbar.

Schließlich versuchte ich mit Anstand herunterzusteigen, verhedderte mich in meinem Umhang, fiel prompt auf sie und riss uns beide um.

Da spürte ich, dass nicht nur ihre Hand, sondern ihr ganzer Körper eine solche Kälte ausstrahlte, dass ich selbst zu frösteln anfing.

»Frierst du?«, erkundigte ich mich teilnahmsvoll.

»Nein, nein«, kam es verhalten. »Ich werde dich wärmen«, antwortete ich.

Als ich sie gerade in meine Arme nehmen wollte, hörte ich Stimmen vor der Wohnungstür, der Schlüssel drehte sich im Schloss, die Dame war plötzlich verschwunden, die Zimmertür wie von Geisterhand geschlossen. Und ich lag bäuchlings auf dem Boden.

Meine Eltern betraten mein Zimmer, fanden mich noch immer am Boden liegend vor und wollten wissen, was hier denn los gewesen sei, mit wem ich geredet hätte, ob mir auch nichts passiert sei.

Sie sahen mich besorgt an und warfen sich bedeutungsvolle Blicke zu. Mitleidig blickten sie auf mich herab.

Da hatte ich schon gar keine Lust, ihnen von meinem Besuch zu erzählen. Sie würden ja eh nichts verstehen. Und wenn sie sich schon nicht um mich kümmerten, wollte ich auch mein kleines Geheimnis für mich behalten.

Ich hätte gespielt und mir einen Gesprächspartner erfunden, da mir allein langweilig gewesen sei, erklärte ich ihnen.

Damit gaben sie sich zufrieden. Meine Mutter richtete mir noch einen kleinen Abendimbiss. Während ich aß, räumte sie mein Zimmer auf. Dann wurde ich zu Bett geschickt.

Die Ahnfrau kam nun öfter zu Besuch. Sie kannte viele Geschichten, die wir mit Hilfe des Truheninhalts nachspielen konnten. Mit der Zeit wurde sie mir immer vertrauter, ich gewöhnte mich an ihre Anwesenheit.

Das einzig Störende war, dass sie sich so kalt und wesenlos anfühlte. Auf meine wiederholten Fragen gab sie mir nur ausweichende Antworten.

Ich kümmerte mich nicht weiter darum, fing ich doch an, mich in ihrer Gegenwart so wohl zu fühlen, dass unsere gemeinsame Traumwelt nach und nach mein eigentliches Zuhause wurde.

Wenn sie mich besuchte, war ich so eingesponnen, ja fast geborgen in unserer eigenen kleinen Welt, dass ich meine Einsamkeit, mein Gefängnis und meine Eltern einfach vergaß.

Umso schlimmer, wenn die Eltern dann plötzlich und unvermittelt mitten in meinem Zimmer standen und mich im Gespräch mit einer nicht vorhandenen Person antrafen.

Sie schienen wohl langsam an meinem Verstand zu zweifeln. So wurde die Entfremdung zwischen ihnen und mir immer größer. Und je mehr sie auf mich einwirkten in der Hoffnung, mich zum Reden zu bringen, desto mehr kapselte ich mich vor ihnen ab.

Ich begriff, dass die Ahnfrau immer für mich da war, wenn ich sie brauchte und das war jetzt fast täglich. Sie spielte mit mir, sie erzählte mir Geschichten, sie ersetzte mir Vater und Mutter. Und wenn ich sie versehentlich mit Mama ansprach, schien mir, als wenn ein Lächeln ihre Lippen umspielte.

Eines Nachts träumte ich, ich sei der Erbprinz eines großen, mächtigen Reichs. Meine Eltern hielten mich von den Regierungsgeschäften und von sich selbst fern, da ihnen geweissagt worden war, dass ihr einziger Sohn sie eines Tages töten würde. Sie erlaubten mir auch nicht, das königliche Schloss zu verlassen. Ich war in einem goldenen Käfig eingesperrt.

Mein einziger Begleiter, Ratgeber und Freund war die Ahnfrau. Wir unterhielten uns tage- und nächtelang über die Welt da draußen. Wir lasen zusammen viele Bücher über fremde Länder.

Eines Tages fragte sie mich, ob ich nicht selbst die Regierung des Landes übernehmen wollte.

»Wie soll das gehen?«, wollte ich von ihr wissen. »Du weißt doch, dass ich ständig von Spitzeln überwacht werde. Alle meine Räume sind von Wachen abgeriegelt. Ich kann keinen Schritt ohne die Begleitung der Soldaten meines Vaters machen.«

»Das weiß ich alles. Und dennoch gibt es eine Möglichkeit.«

»Welche?«, verlangte ich begierig zu wissen.

»Bist du bereit, alles zu wagen, alles zu riskieren, vielleicht sogar dein Leben?« Ohne Zögern antwortete ich: »Alles, wenn ich nur endlich frei bin, Herr meines eigenen Willens und Mitregent über das Reich, wie es mir zusteht.«

»So sei es. Hier sind zwei weiße Kügelchen. Nachts, wenn der ganze Palast schläft, verlässt du deine Räume. Du wirst alle Wachen schlafend finden. Zuerst gehst du zum Schlafgemach deiner Mutter. Auch dort schlafen die Wachen. Du betrittst das Zimmer. Die Dienerin, die deine Mutter während der Nacht bewachen soll, wird auch schlafen. Du legst ein weißes Kügelchen auf die Lippen deiner Mutter. Dann gehst du zum Zimmer deines Vaters und legst das andere Kügelchen auf seine Lippen. Auch dort wird alles schlafen. Du darfst nicht zögern, nicht sprechen und dich nicht umdrehen. Sonst ist alles verloren. Alle, die schlafen, werden erwachen. Du wirst vor deinen Vater geschleppt und zum Tod verurteilt werden.«

»Und was bewirkt das weiße Kügelchen?«

»Was schon! Deine Eltern werden sanft entschlafen, und du wirst zum neuen Herrscher ausgerufen werden.«

Ich erwachte. Die Ahnfrau saß neben mir auf meinem Bett und bedeutete mir leise zu sein.

»Möchtest du, dass ich für immer bei dir bleibe?«, flüsterte sie mir eindringlich zu.

»Au, das wäre fein! Wirst du dann nicht mehr so kalt sein?«

»Gewiss, aber um das zu erreichen, musst du noch etwas für mich tun.« »Und was?«, wollte ich wissen.

»Denk an deinen Traum.«

»Du meinst, ich soll ein weißes Kügelchen auf die Lippen meiner Eltern legen.«

»Genau das. Du wärst dann auf immer von ihnen befreit. Sie können dich nicht mehr einsperren. Und ich kann für immer bei dir bleiben.«

Das leuchtete mir ein. »Ich werde morgen darüber nachdenken. Jetzt bin ich sehr müde.«

Sie strich mir sanft über die Augen, und ich schlief sofort traumlos weiter. Am anderen Morgen wusste ich nicht mehr, hatte ich geträumt oder gewacht. War alles Wirklichkeit oder nur Einbildung.

Das Angebot der Ahnin kam mir in den Sinn. Ich malte mir aus, wie es wäre, mein Gefängnis für immer zu verlassen und mit der Ahnin zusammenzuleben.

Sie wäre ja dann auch nicht mehr so kalt. Und sie würde sich immer um mich kümmern, wie sie es bisher schon getan hatte.

Aber wie stellte sie sich das vor? Wie sollte ich aus meinem Gefängnis in der Nacht entkommen und meinen Eltern im Schlaf die Kügelchen auf die Lippen legen? Wie als Antwort auf meine Fragen vernahm ich die Stimme der Ahnfrau.

»Nachts ist dein Zimmer nie verschlossen. Wenn du schläfst, kommen deine Eltern in dein Zimmer, um nach dir zu sehen. Im Schlaf bist du ihnen am liebsten, da kannst du nichts anstellen, ihnen nicht auf die Nerven gehen, da störst du sie nicht, da lieben sie dich sehr auf ihre ureigene Weise. Du musst nur wach bleiben. Wenn du hörst, dass sich der Schlüssel leise im Schloss dreht, stelle dich schlafend. Wenn sie dann gegangen sind und alles wieder ruhig ist, stehst du auf. Ich werde da sein und dir die Kügelchen geben. Der Rest ist dann ganz leicht.«

Am Abend in meinem Bett grübelte ich noch mal über alles nach. Plötzlich stand die Ahnfrau am Fußende meines Bettes.

»Nun, wie hast du dich entschieden?«, erkundigte sie sich.

»Ich werde es tun«, antwortete ich, »aber ich habe

große Angst. Du musst mir helfen. Tun wir es gleich heute Nacht. Dann habe ich es hinter mir.«

»Gut. Halte dich wach. Erinnere dich an dein Gefängnis, dann fällt es dir nicht so schwer.«

Damit war sie verschwunden. Ich folgte ihrem Rat und steigerte mich in eine solche Wut über mein Gefängnis und das Verhalten meiner Eltern hinein, dass ich unmöglich einschlafen konnte und fast das leise Herumdrehen des Schlüssels überhört hätte.

Ich drehte mich zur Wand, damit mein vorgetäuschter Tiefschlaf nicht durch ein Blinzeln meiner Augen verraten würde. Leise Schritte näherten sich und verharrten lauschend. Ich atmete ruhig, leise und gleichmäßig. Nach einer Weile strich eine Hand sanft über meinen Kopf. Fast wäre ich vor der Berührung zurückgezuckt wie vor dem Biss einer Schlange.

Die Schritte entfernten sich wieder. Der Lichtspalt unter der Tür ging aus. Es wurde still in der Wohnung. Ich wartete noch eine lange Weile. Dann stand ich auf und ging auf leisen Sohlen zu Tür.

Wie die Ahnin vorausgesagt hatte, ließ sie sich öffnen. Sie stand im Flur, legte den Finger auf den Mund und drückte mir zwei weiße Kügelchen in die Hand.

Zuerst betrat ich das Zimmer meiner Mutter. Die Vorhänge waren bis auf einen Spalt geschlossen, durch den der Mond einen fahlen Lichtstreif durch das Zimmer warf. Jede knarrende Parkettbohle vermeidend, näherte ich mich lautlos ihrem Bett. Zum Glück lag sie auf dem Rücken und atmete fast geräuschlos durch die Nase. Schnell legte ich ihr das Kügelchen auf die Lippen und mir schien, als wenn sie augenblicklich zu atmen auf-

33

gehört hätte. Hastig machte ich mich so lautlos wie ich gekommen war wieder davon in Richtung der Kammer meines Vaters.

Die Vorhänge dort waren zurückgezogen, so dass der Mond meinen Vater voll bescheinen konnte. Bleich und ausgezehrt lag er da, als wenn er schon tot wäre.

Nur sein ungeheuerliches Schnarchen verriet, dass noch Leben in ihm steckte. Dieses Schnarchen hatte ihn auch aus dem ehelichen Schlafzimmer in diesen kleinen Raum verbannt.

Ich stand an seinem Bett und lauschte dem Rhythmus seiner Schnarchtöne. Er fing immer piano an, steigerte sich bis zu einem Finale furioso, brach dann abrupt wie mit einem Paukenschlag ab, nur um dann wieder von vorne zu beginnen.

Lange betrachtete ich ihn. Er hatte das alles sicher nicht gewollt. Warum hatte er mir nicht geholfen? Er hätte mich doch aus meinem Gefängnis befreien können. Auch wenn ich im Moment Mitleid mit ihm hatte, er hatte mich nicht geschützt, selten Strafen zu lindern geholfen und mich manchmal auf Befehl den Teppichklopfer spüren lassen.

Schnell, ehe ich mir es anders überlegte, wollte ich das Kügelchen auf seine Lippen legen. Unvermittelt stieß er einen seiner trompetenhaften Soloschnarchtöne aus.

Ich erschrak so, dass ich das Gleichgewicht verlor, auf den Hintern fiel und das Kügelchen mir aus der Hand rollte.

Ängstlich lauschte ich, ob mein Vater von dem Lärm, den ich verursacht hatte, aufgewacht war.

Aber die Schnarchtöne begannen wieder ihr Piano. Ich suchte den Boden ab und musste fast ganz unter das Bett kriechen, bis ich das Kügelchen ertastete.

Diesmal wartete ich, bis er leise zu schnarchen begann. Dann legte ich das Kügelchen auf seine Lippen und verließ hastig, ohne mich noch einmal umzudrehen, sein Zimmer.

Im Hinausgehen nahm ich noch wahr, dass dem Piano kein Finale furioso mehr folgte.

Ich ging zurück in den Flur. Die Ahnfrau war verschwunden. So ging ich wieder zu Bett. Zunächst konnte ich nicht einschlafen.

Ich hoffte auf den Besuch der Ahnin. Ich wollte über das, was ich getan hatte, mit ihr reden. Schließlich fiel ich vor Erschöpfung in einen tiefen, aber unruhigen Schlaf.

Am anderen Morgen fand ich die Tür immer noch unverschlossen. Ich schaute erst ins Zimmer meiner Mutter, dann bei meinem Vater vorbei. Nichts rührte sich. Kein Atemzug, kein Schnarcher störte die Ruhe. Selbst die Standuhr im Flur hatte mit dem Ticken innegehalten, als wenn sie die vollkommene Stille nicht stören wollte.

Ich ging wieder zurück in mein Zimmer und wartete auf die Ahnfrau. Sie sollte mir sagen, wie es weitergeht. Aber sie kam nicht.

Ich begann meine üblichen Spiele, um mir die Zeit zu vertreiben, mit dem einzigen Unterschied, dass ich auf die Toilette konnte, wenn es nötig war, in die Küche, wenn ich Hunger oder Durst hatte.

So verging ein Tag nach dem anderen. Die Zimmer meiner Eltern mochte ich nicht mehr betreten. Mein eigenes Zimmer, Flur, Bad und Küche waren jetzt mein Zuhause. Ich wartete nur auf die Ahnfrau. Sie würde schon alles regeln.

Als die Lebensmittel zu Ende waren, ging ich zur Nachbarin unter uns. Ich hätte Hunger, und seit Tagen schliefen die Eltern und wollten gar nicht mehr aufwachen.

Sie schickte ihre Tochter nach unserem Hausarzt, der in der gleichen Straße zwei Häuser weiter wohnte, und während wir auf ihn warteten, gab sie mir etwas zu essen.

Mit dem Arzt zusammen gingen wir nach oben. Der Arzt untersuchte kurz meine Eltern und stellte fest, dass sie tot waren.

»Sind sie jetzt kalt?«, fragte ich ihn.

»Wie kommst du darauf?«, wollte der Arzt wissen.

»Die Ahnfrau hat es mir erzählt.« Er sah mich verständnislos an. »Sie hat auch gesagt, dass sie jetzt immer bei mir bleibt.«

»Welche Ahnfrau?«, erkundigte sich der Arzt.

Ich zeigte im Wohnzimmer auf das Bild.

»Armes Kind«, murmelte er.

Zwischenzeitlich war die Polizei eingetroffen. Die Nachbarin hatte sie auf Veranlassung des Arztes verständigt. Die Beamten stellten mir viele Fragen, deren Sinn ich nicht verstand.

Schließlich wiederholte ich stereotyp, ich wisse alles von der Ahnfrau, die müsse bald kommen und mich zu sich nehmen, sie würde immer mit mir spielen und mich nie mehr allein lassen und zeigte dabei auf das Bild.

Die Polizisten aber wollten nicht von mir lassen, bis ich schließlich in ein hysterisches Geschrei verfiel und nicht mehr zu beruhigen war.

Der Arzt flüsterte mit den Polizisten. Sie ließen endlich von mir ab. Dann gab er mir eine Spritze. Daraufhin schlief ich schnell ein.

Lange war ich ziemlich krank, fieberte und phantasierte, die Ahnin erschien mir, ohne sich zu erklären, ich haderte und schimpfte mit ihr und fiel wieder in traumlosen Schlaf.

Die Krankheit verhinderte meine Teilnahme an der Beerdigung meiner Eltern. Ein Vormund wurde für mich bestellt, der alle Entscheidungen traf, die getroffen werden mussten. Er löste unsere Wohnung auf, lagerte die Möbel in einem Depot ein. Mich schickte er nach meiner Genesung in ein Internat. Es war wohl genügend Geld vorhanden, das dies alles möglich machte.

Zwar war ich nicht mehr so eingesperrt wie früher, frei fühlte ich mich dennoch nicht. Meine neuen Mitschüler begegneten mir mindestens mit Zurückhaltung, wenn nicht mit Ablehnung oder gar Feindseligkeit. Sie hatten alle die sensationslüsterenen Presseberichte gelesen. Sie hänselten mich und quälten mich mit verletzenden Fragen und Verdächtigungen.

Die Polizei hatte zwar eine Obduktion meiner Eltern veranlasst, die ergab, dass beide an Herzversagen gestorben waren. Fremdeinwirkung schloss die Polizei aus. Dennoch gab der Tod meiner Eltern der Presse Anlass zu wilden Spekulationen.

In schlaflosen Nächten verlangte ich nach der Ahnin, wünschte, forderte, dass sie mich besuche. Aber nie kam sie. Sie hatte mich im Stich gelassen. Mit der Zeit fügte ich mich in das Unausweichliche und wurde ein mittelmäßiger, stiller Schüler.

In meiner Klasse war ich schließlich geduldet, aber echte Freunde hatte ich nicht. Ich war und blieb ein Einzelgänger. So lebte ich nur auf ein Ziel hin, die Schule zu beenden und volljährig zu werden.

An meiner Einsamkeit hatte sich nichts geändert. Mein stiller Zorn gegen meine Eltern verwandelte sich, da er ohne weitere Nahrung blieb, mit den Jahren in Gleichgültigkeit, ja in Vergessen.

Nicht aber vergessen und verzeihen konnte ich der Ahnfrau, die mich doch durch ihren unverständlichen Verrat in diese Lage gebracht hatte.

Schließlich war das Abitur geschafft und hatte ich das achtzehnte Lebensjahr erreicht. Das Erbe meiner Eltern gestattete mir ein unabhängiges Leben.

Als erstes löste ich das Depot auf und verkaufte alles, das mich nur im Entferntesten an meine Vergangenheit erinnerte, auch das Bild. So hoffte ich, die bösen Träume meiner Kindheit auslöschen zu können.

Für Jahre ging ich auf Reisen und kam nur für wenige Wochen in meine Heimatstadt zurück, um meinen Pass zu verlängern oder kurz in meiner kleinen Wohnung nach dem rechten zu sehen, die ich mir als Heimatadresse gemietet und spärlich möbliert hatte.

Nach vielen Jahren gab ich mein Globetrotterdasein auf. Ich arbeitete als freier Journalist für verschiedene Verlage. Viel zu tun hatte ich nicht. Das Vermögen meiner Eltern, klug angelegt von meinem früheren Vormund und einzigem und väterlichen Freund in meiner Heimatstadt, machte es möglich.

Immer noch stand ich vor dem Schaufenster, starrte das Bild an und blickte in die tiefgründigen Augen der Ahnfrau, dann sah ich mir die Geschäftsfassade an. »Hoppenstedt & Söhne« stand über dem Schaufenster und darunter »Antiquitäten der besonderen Art«.

Das Porträt war wirklich von besonderer Art. Ich betrat den Laden und kaufte das Bild. Zu Hause bekam es einen Ehrenplatz über meinem Schreibtisch.

Lange betrachtete ich sie, wie sie da hing. In Erinnerung an unsere gemeinsamen Erlebnisse versuchte ich ihr Mona-Lisa-Lächeln zu ergründen.

Vielleicht würde sie ja eines Tages wieder mit mir sprechen und mir ihr Geheimnis preisgeben, mir erzählen, warum sie nicht gekommen war. Oder hatte sie nie zu mir gesprochen? Entsprang alles nur der überhitzten Fantasie eines allein gelassenen, einsamen Kindes?

Ich wusste es nicht, konnte mir keinen Reim darauf machen. Fragend blickte ich die Ahnfrau in ihrem Rahmen an. Sie wollte mir keine Antwort geben. Sie schenkte mir nur ein Lächeln.

Not macht erfinderisch

Schon in frühester Kindheit schickte mich meine Mutter zum Einkaufen. Der kleine Steppke mit Milchkanne oder Netz bewaffnet war im ganzen Viertel bekannt.

Im Milchladen reihte ich mich brav in die Schlange ein. Endlich an der Reihe, reichte ich die Milchkanne über den Tresen.

»Wie immer, Bub?", erkundigte sich die Milchfrau. Ich nickte stumm. »Soll ich anschreiben, oder hast du Geld dabei?"

Ich kramte aus meiner Hosentasche alle Münzen hervor, die mir meine Mutter mitgegeben hatte, und hielt sie ihr hin. Sie nahm sich, was sie brauchte und gab mir den Rest zurück.

Mit den Jahren nahm die Menge meiner Einkäufe zu. Meine Mutter schrieb mir alles auf, was ich besorgen sollte, säuberlich getrennt nach den Läden, in denen ich kaufen sollte.

Milch, Butter und Eier im Milchladen. Käse, Kartoffeln, Sauerkraut und Marmelade beim Kramer. Wurst und Fleisch beim Metzger. Neben den Artikeln notierte sie gleich den Betrag, den es kosten würde. Die einzelnen Summen rechnete sie zusammen und gab mir dann das Einkaufsgeld.

In der Regel stimmte die Summe. Manchmal ging es nicht auf, weil die gewünschte Ware nicht vorhanden und der Ersatz etwas teurer war. Dann ließ ich anschreiben.

Anfangs schrieb meine Mutter alles auf einen einzigen Zettel, den ich dann über den Tresen reichte. Das führte zu Verstimmungen zwischen den Ladenbesitzern und meiner Mutter.

Der Kramer konnte lesen, was ich beim Metzger alles kaufen sollte. "Teewurst gibt's auch bei mir", meinte er ärgerlich und beschwerte sich später bei meiner Mutter.

So gab sie mir schließlich für jeden Laden einen eigenen Zettel. Als ich Lesen und Schreiben gelernt hatte, notierte ich mir selbst alle Einkäufe. Meine Mutter überschlug die Kosten nur noch und vertraute mir auch schon größere Geldbeträge an.

Im ersten Jahr meiner Gymnasialzeit starb mein Vater. Viel hatte er uns nicht hinterlassen. Meine Mutter ernährte uns von einer kleinen Rente und musste jeden Groschen umdrehen.

Lag ein Pfennig auf der Straße, bückte sie sich und steckte ihn in ihr Portemonnaie. Wer den Pfennig nicht ehrt, ist den Taler nicht wert, pflegte sie mich zu ermahnen.

Vertrocknetes Brot warf sie nicht weg, sondern verarbeitete es zu Brotsuppe.

Für ein Taschengeld reichte es nicht. Für Schulbücher schon gar nicht. Aber das war ja kein Problem. Seit Kriegsende herrschte Schulmittelfreiheit.

Am ersten Tag des neuen Schuljahrs erkundigte sich der Klassenlehrer, wer Schulbücher ausleihen wollte. Bei Latein und Mathematik befand ich mich durchaus noch in zahlreicher Gesellschaft. Die Lesebücher für Deutsch kauften die meisten Eltern ihren Sprösslingen.

"Wer braucht einen Atlas?". Bei dieser Frage des Lehrers mochte ich am liebsten im Boden versinken. Aber es blieb mir nichts anderes übrig, als den Finger zu heben. Ich war immer der einzige.

Mit einem Scherz versuchte ich meine Verlegenheit zu überspielen. Aber ich glaube, meine Mitschüler merkten, dass ich mich in Grund und Boden schämte.

Süßigkeiten waren damals mein ein und alles. Wohl deshalb, weil sie für die knappe Kasse meiner Mutter keine Selbstverständlichkeit waren. Meine Leidenschaft aber gehörte einem Zwetschgendatschi mit Sahne, zuhause ein eher seltener Genuss.

War ich bei Freunden eingeladen und die Mutter bot uns einen Zwetschgendatschi an, bekam ich immer ganz glänzende Augen. Mit oder ohne Sahne, das war nur für die Mütter, die mich noch nicht kannten, eine Frage.

Meine Mitschüler bekamen meine Passion auf unserer ersten Klassenfahrt mit. Die Schule hatte mir einen Freiplatz gespendet, ohne dass meine Mitschüler davon wussten. Außerdem hatte sie mich noch mit einem Taschengeld versehen, das ich fast ausschließlich in Datschi mit Sahne umsetzte. So kam ich zu meinem Spitznamen Datschi, der mir für die ganze Schulzeit blieb.

Einkaufen gehörte nach wie vor zu meinen Pflichten. Meine Mutter überließ mir das fast ganz allein. Die Grundnahrungsmittel überprüfte ich selbst. Den Speiseplan besprachen wir gemeinsam.

"Wie viel brauchst du?" Sie gab mir, was ich verlangte, zehn oder zwanzig Mark. Zwar prüfte sie Kassenzettel und Rückgeld genau nach. Aber etwas hatte sich ihrer Aufmerksamkeit völlig entzogen. Die Rabattmarken.

Fast jeder Laden hatte sie damals eingeführt. Ich klebte fleißig jede Marke in die Rabattheftchen. Ein volles Heft ergab eine Mark fünfzig. Diese eins fünfzig versteckte ich sorgfältig vor meiner Mutter.

Ich legte Münze auf Münze, bis ich zehn Mark und achtzig Pfennig beieinander hatte. Damit ging ich in die nahe gelegene Buchhandlung und erstand Dierkes Deutschen Schulatlas.

Im nächsten Schuljahr ging mein Finger bei der obligaten Frage, wer einen Atlas braucht, nicht nach oben.

»Der Datschi braucht einen«, schrie die ganze Klasse im Chor. Ich verneinte und hielt stolz meinen Dierke in die Höhe.

»Ist der Reichtum bei dir daheim ausgebrochen?« »Klar, wir haben im Lotto gewonnen«, scherzte ich. So war ich also endlich stolzer Besitzer eines eigenen Atlas geworden.

Der Dierke hat mich auf den Geschmack gebracht. Ich sammelte weiter Rabattmarken. Das so erworbene Geld aber legte ich jetzt zu meinem Vergnügen an.

Meistens in Schundheftchen, wie unsere Lehrer sie nannten. Sigurd, Prinz Eisenherz, Micky Maus, Tarzan und andere bildeten eine Zeit lang meine heimliche Lektüre. Aufheben konnte ich die Heftchen leider nicht. Wenn meine Mutter mich damit erwischt hätte, wäre es aus gewesen mit meiner kleinen Freiheit.

Zunächst tauschte ich die Hefte mit meinen Klassenkameraden, was mir einen neuen unerwarteten Status verschaffte.

Dann aber merkte ich, dass damit ja auch ein Geschäft

zu machen war. So verkaufte ich die Hefte, die ich gelesen hatte, als neu, aber unter Preis.

Ich konnte nach wie vor meine geliebten Heftchen lesen, musste aber nicht alles Geld, das ich durch die Rabattmarken einnahm, in neue Hefte investieren, da ja immer ein Teil des ausgegeben Geldes wieder zurückfloss. So sammelte sich schließlich ein kleines Sümmchen an.

Was damit tun, war die Frage. Auf die Bank tragen konnte ich es nicht. Meine Mutter hätte den Kontoantrag ja unterschreiben müssen. Und dann wäre wohl alles herausgekommen.

Investieren war meine Devise. Meiner Mutter erzählte ich eines Sonntags, ich würde mich mit Freunden in der Stadt treffen. In Wirklichkeit wollte ich auf einen Flohmarkt.

Dummerweise begleitete sie mich zur Trambahn, mit der ich gewöhnlich in die Stadt fuhr. Ich konnte ihr gerade noch ausreden, mit mir zusammen in die Stadt zu fahren.

Auf Umwegen gelangte ich schließlich zum Flohmarkt. Stundenlang schlenderte ich herum, blieb da und dort stehen, sah mir dies und jenes an, erkundigte mich nach Preisen und Wiederverkaufsmöglichkeiten.

Schnell merkte ich, dass die Händler mich mehr oder minder alle übers Ohr hauen wollten.

Ein zweites Problem, war die Größe des Gegenstandes, den ich kaufen wollte. Die Mutter durfte ihn ja nicht entdecken. Ein kleines Schmuckstück, das seinen Wert behielt, war wohl am sinnvollsten.

Ein Stand war mir aufgefallen. Dort gab es Schmuckstücke aller Art. Manche prächtig anzusehen mit roten, grünen oder blauen Steinen in Gold- oder Silberfassung.

»Was kostet der Ring mit dem dunkelroten Stein?«, erkundigte ich mich bei dem Händler, einem untersetzten Männchen von unbestimmbarem Alter.

»Das ist ein Granat«, belehrte er mich. »Für dich viel zu teuer.«

»Wie viel zu teuer?«, beharrte ich. »300«, gab er knapp zurück und fixierte mich dabei mit seinen kleinen, stechenden Augen.

Der Ring war bestimmt nicht so viel wert. Aber selbst, wenn er nur fünfzig Mark gekostet hätte, für mein Budget immer noch zuviel.

Ich ging und sah mich bei anderen Schmuckverkäufern um. Einer hatte einen ähnlichen Ring. Ich nahm ihn in die Hand.

»Fünfzig Mark?« Fragend sah ich den Verkäufer an.

»Willst du mich ruinieren? Hab doch schon hundert für ihn bezahlt. Und verdienen muss ich doch auch noch etwas«

»Also wie viel genau?«

»Hast du genug Geld?«, erkundigte er sich misstrauisch.

»Für dich langt's«, duzte ich ihn ebenfalls.

»Entschuldigung, ich wollte Ihnen nicht zu nahe treten. Hundertsiebzig muss ich schon dafür bekommen.«

Wir feilschten eine Weile und einigten uns dann auf einhundertzwanzig Mark.

»Ich seh mich noch woanders um«, meinte ich und ging. Seine Flüche verfolgten mich.

Ich hatte also recht gehabt. Der andere Händler wollte mich übers Ohr hauen. Ich ging zu ihm zurück.

»Der Ring ist höchstens einhundert Mark wert«, begann ich erneut das Gespräch.

Der Händler schnappte nach Luft.

»Ich habe mich umgesehen und kundig gemacht«, erklärte ich.

»Aber Sie haben Recht, er ist zu teuer für mich. Ich wollte nur, dass Sie wissen, dass ich kein kleines Kind bin, das man übers Ohr hauen kann.«

Der Händler musterte mich neuem Respekt. »Wie viel wollen sie denn ausgeben?«, wollte er wissen.

Ich antwortete zunächst nicht. Der Händler bot auch unscheinbare, ganz nette Stücke an, die nicht gar so viel kosteten. Ich sah mir seine Auslage noch einmal genauer an.

Ein Ring weckte mein Interesse. Ein unscheinbarer Reif, braun angelaufen mit seltsamen feinen Gravierungen. »Was kostet der?«

Der Händler meinte, er wäre antik. Eher alt und verschlissen, war meine Antwort. Wir feilschten lange. Für achtundzwanzig Mark wechselte der Ring seinen Besitzer.

Für mich viel Geld, fast meine ganze Barschaft. Aber der Ring gefiel mir, ganz schlicht, noch ein bisschen zu groß. Ich würde schon noch hineinwachsen. Jetzt konnte ich ihn ja eh noch nicht tragen.

Mit heimlichem Stolz kehrte ich nach Hause zurück, den Ring in der Tasche.

»Wie war es denn?«, erkundigte sich meine Mutter. Einsilbig gab ich Antwort. »Bin müde. Leg mich hin.« Sie nickte nur.

In meinem Zimmer angekommen, verbarg ich den Ring in meinem Geheimversteck, einer lockeren Parkettbohle unter der Heizung, die ich ein wenig ausgehöhlt hatte.

Oft, wenn ich allein war, holte ich den Ring hervor, drehte ihn, bewunderte die Gravierungen und fand ihn immer schöner. Ich steckte ihn über den Ringfinger. Er passte nicht. Nur mein Daumen war groß genug für den Ring.

Ich polierte ihn, bis er glänzte. Er sah immer noch ganz schlicht aus. Vielleicht war er aus Silber. Er musste einfach aus Silber sein.

Nachts ging meine Fantasie mit mir durch. Ich stellte mir den Germanen vor, der ihn getragen hatte. Erst machte ich ihn zum Häuptling der Teutonen. Dann erhob ich ihn gar zum König. Er hatte gegen Marius gekämpft und verloren. Ich sah ihn in Marius' Triumphzug mitgehen. Im Tullianum, dem römischen Gefängnis, musste er seine Wertsachen ablegen, auch den Ring. Dann wurde er erwürgt. Und so begann der Ring seine Wanderung durch die Jahrhunderte. Bis er bei mir landete.

Jahre später passte der Ring endlich auf meinen Ringfinger. Da war ich schon zwanzig, hatte mein Abitur in der Tasche und studierte in einer anderen Stadt.

Jetzt konnte ich den Ring ganz offen tragen. Viele meiner Freunde bewunderten ihn. Schade nur, dass er nicht viel wert war.

Eines Tages bummelte ich allein durch die Innenstadt und betrachtete Schaufenster. Vor einem Antiquitätenladen, der römische und griechische Stücke feilbot, blieb ich stehen.

Mein Blick blieb an einem Ring haften, der meinem auf das Haar glich. Säuberlich poliert glitzerte er im Sonnenlicht. Ich zog meinen Ring vom Finger, steckte ihn in die Hosentasche und betrat den Laden.

»Der alte Ring im Schaufenster interessiert mich«, erklärte ich dem Ladeninhaber. Verwundert zog dieser die Braue hoch.

»Er ist wohl ein bisschen zu teuer für Sie«, gab er zur Antwort.

»Was kostet er denn?«

»Das ist ein altgermanischer Ring mit Runen, etwa aus der Zeit um 100 vor Christus. Er stammt aus Rom. Vielleicht war er Kriegsbeute von Marius.«

»Der die Kimbern und Teutonen besiegt hatte«, unterstrich ich meine Geschichtskenntnisse. »Und wie viel?«

»Sein Preis liegt bei 2.000 Mark.«

Ich zog meinen eigenen Ring hervor und zeigte ihn dem Antiquar. Er betrachtete ihn von allen Seiten.

»Ein wunderschönes Stück.«, meinte er, »Was haben Sie denn dafür bezahlt?«

»Zweihundert Mark«, schwindelte ich ihm vor. Sofort stieg ich in seiner Achtung. Wir fachsimpelten noch eine ganze Weile.

Ich verließ ihn als Freund.

Den Ring verkaufte ich für zweieinhalbtausend Mark. Das Geld legte ich gut an. Es bildete später den Grundstein für meine erste geschäftliche Transaktion.

Nach Abschluss meines Studiums der Archäologie stieg ich als Juniorpartner in das Antiquitätengeschäft des Händlers ein, der mit römischen und griechischen Pretiosen handelte und mein Freund geworden war.

Der Mönch, die Hammelkeule
und der Fisch

Am Fuße eines großen Berges klebte an einem steil aufragenden Fels ein kleines, weißes Kloster, als wollte es im Schatten der Wand Schutz vor Wind und Wetter suchen.

Vom Kloster führte ein schmaler, steiniger Weg hinunter zur geteerten Küstenstraße. Zwischen Straße und Steilküste gab es ein paar Meter, die notdürftig als Parkplatz für die wenigen Besucher des Klosters dienten.

Die Gegend hier war karg, heiß und windig. Und daher wundert es nicht, dass dem Boden nur schwer etwas abzuringen war.

Weiter oben im Gebirge und in den flacheren Küstenregionen hatten die Bauern gelernt, mit Hilfe von Windmühlen Wasser aus den Tiefen der Erde heraufzupumpen und ihren Boden zu bewässern.

Das Kloster verfügte zum Glück über eine natürliche Quelle. Da es auf Fels stand, konnte nur ein kleiner Fleck mit herangekarrter Erde bebaut und bepflanzt werden. So war das Leben im Kloster ziemlich hart und recht geeignet für ein entsagungsreiches Leben.

Der letzte Mönch, der das Kloster bewohnte, lebte dort allein mit seinem Hund, einem Mischling, der ihm eines Tages zugelaufen und dann einfach geblieben war.

So war der Mönch nicht allein und hatte außer seiner Zwiesprache mit Gott auch noch irdische Gesellschaft.

Sein Tagesablauf unterschied sich in keiner Weise von dem der Klosterbewohner früherer Zeiten.

Er stand mit der Sonne auf, um seine morgendliche Andacht zu halten. Dann arbeitete er in seinem Gärtchen. Dort baute er Tomaten, Gurken, Knoblauch und Auberginen an. Er fütterte die drei Hühner und melkte die einzige Ziege, die er besaß.

Nach getaner Arbeit nahm er ein bescheidenes Mahl zu sich, bestehend aus etwas Käse, den er aus Ziegenmilch selbst zubereitete, einer Tomate, einem Stück Gurke, vielleicht einer gebratenen Aubergine, einem Stück Brot und frischem Wasser aus seiner Quelle.

Ab und an konnte er seine Mahlzeit um ein Stück Wurst, Fisch oder Fleisch aus den Vorräten bereichern, die ihm die Bewohner des nahegelegenen Dörfchens als Ausgleich für seine Dienste zu Taufen, Hochzeiten und Beerdigungen zukommen ließen.

Ärmere Dörfler konnten ihn leider nur mit Brot, Gemüse, Kartoffeln oder ein paar Oliven entlohnen. Er war dafür nicht weniger dankbar wie für die Zuwendungen der reichen Bauern. Feierte so ein vermögender Landwirt einmal Hochzeit, konnte schon mal ein Fäßchen Wein für den Mönch dabei herausspringen.

Nie vergaß er, die Speisen zu segnen, die ihm gespendet worden waren, ob üppig oder karg. Selbst nach dem Essen sprach er ein Gebet, in das er die Bitte einschloss, den segensreichen Nachschub an Nahrung und Trank nicht abreißen zu lassen.

So lebte der Mönch in seiner Klause glücklich und zufrieden. Nach dem Gebet gönnte er sich immer ein kleines Nickerchen auf einem wackligen Schemel vor seinem Kirchlein und als einzigen Luxus die Kirchenmauer als Lehne.

Als wollte er dafür sofort Buße tun, pflegte er ohne Kopfbedeckung in der prallen Sonne vor sich hinzudösen, eine für diese südlichen Breitengrade eher unorthodoxe Angewohnheit.

Einmal war er während seiner Siesta eingeschlafen. Er hatte länger als ihm gut tat in der Sonne gesessen, einen ordentlichen Sonnenstich bekommen und war schließlich ohnmächtig geworden.

Es wäre schlecht um ihn bestellt gewesen, wenn ihn nicht ein Dorfbewohner gefunden hätte, der vorbeigekommen war, um ihn um geistlichen Rat zu bitten.

Der Bauer fuhr ihn so schnell der Traktor konnte zum nächsten Doktor. Vielleicht würden die Dorfleute heute nicht hinter vorgehaltener Hand flüstern, dem Mönch hätte die Sonne das Gehirn verbrannt, wenn der Traktor etwas schneller hätte fahren können.

Tatsache ist, dass er schließlich doch beim Doktor ankam und der tat, was ihm möglich war. Vollständig heilen konnte er ihn nicht.

Jedenfalls brummelte der Mönch seither immer vor sich hin, manchmal hatte er Erscheinungen, ging durchs Dorf, predigte laut von der sündigen Welt, bösen Teufeln, ewiger Verdammnis oder baldigem Weltuntergang.

Anfangs nahmen's die Dörfler mit Humor, die Kinder äfften ihn nach, schnitten ihm Grimassen und liefen Spottlieder singend hinter ihm her, die Älteren schüttelten über ihn den Kopf.

Mit der Zeit wurde der Mönch den Dörflern regelrecht zur Plage, da er fast täglich heftig predigend durchs Dorf zog. Sie straften ihn damit, dass sie für den notwendigen geistlichen Beistand immer häufiger den Priester der größeren Nachbargemeinde heranzogen. Daher gingen die Abgaben der Dörfler an den Mönch langsam aber stetig zurück.

Auf jeden Menschen hätte dies einen heilsamen Einfluss gehabt. Nicht bei dem Mönch. Glaubte er doch, er müsse noch häufiger und mit noch mehr Inbrunst seine Predigten im Dorf abhalten, dann würden die Spenden wieder reichlich fließen.

So kam es, wie es kommen musste. Die Bauern hatten genug von ihm und jagten ihn mit Steinwürfen aus dem Dorf.

Jetzt hatte der Mönch seine wichtigste Nahrungsquelle verloren. Seine Mahlzeiten wurden kärglicher, auf dem Tisch landete nur, was er in seinem Garten erntete und seine drei Hühner oder seine einzige Ziege hergaben. Fleisch oder Fisch gab es nicht mehr. Er musste sich mit dem wenigen, das er hatte, begnügen.

Zunächst machte ihm das nichts aus, er bestellte seinen kleinen Garten und hielt dreimal täglich seine Andachten. Mit der Zeit wurde sein Speisezettel immer eintöniger und er überlegte, wie er wieder zu Fleisch, Fisch oder Brot kommen konnte.

Betteln konnte er nicht, da müsste er ja wieder ins Dorf. Das war ganz und gar unmöglich. Die Leute würden ihn auslachen und erneut mit Steinen nach ihm werfen.

Während er so über seinem Problem grübelte, hielt unten an der Straße ein Auto, ein Mann stieg aus, sah sich eine Weile um, stieg wieder ein und fuhr weiter.

Da hatte der Mönch eine göttliche Eingebung. Er glaubte eine innere Stimme zu hören: "Baue einen Holzkasten und stelle ihn neben der Straße auf." Zu welchem Zweck? Warum unten an die Straße?

Und da begriff er. Natürlich! Der Kasten war für Lebensmittel. Er würde ihn mit einer Tafel versehen, auf der er um milde Gaben bat. Seine Not hatte endlich ein Ende.

Eifrig machte er sich an die Arbeit. Zunächst suchte er alles herumliegende und verwertbare Baumaterial zusammen und zimmerte daraus mehr schlecht als recht einen wackligen Holzkasten.

Anschließend malte er seinen Bittspruch auf ein schiefes Brett, das er an einer Seite des Kastens festnagelte. Zu guter letzt schleppte er sein Gestell runter zur Straße und stellte es auf dem Behelfsparkplatz auf.

Zufrieden betrachtete er sein Werk, malte sich aus, welch köstliche Gaben in seiner Kiste zu liegen kommen würden und machte sich in Gedanken Fische bratend und Spanferkel grillend wieder auf den Weg zurück in seine Klause.

Die Arbeit hatte ihm Hunger gemacht. Mit Hochgenuss verzehrte er sein kärgliches Mahl und setzte sich wie üblich vor seine Kirche.

Diesmal hielt er kein Verdauungsschläfchen, sondern beobachtete hellwach seine Kiste und alle, die an ihr vorbeikamen, im Auto, auf dem Esel oder zu Fuß.

Ein paar Autos fuhren vorbei, keines hielt. Ein alter Mann auf einem Esel machte Halt und betrachtete die eigenartige Holzkiste mit der Aufschrift. Er schüttelte verwundert den Kopf und ritt auf seinem Esel davon.

Der Mönch sah das alles mit unzufriedener Miene. Er beruhigte sich damit, dass er nicht gleich mit einem Erfolg rechnen könne.

Wer hatte denn immer etwas Essbares bei sich, zumal ein Zicklein oder einen großen Fisch. Die Leute mussten sich ja erst an seine Kiste gewöhnen.

Beim nächsten Mal würde der alte Mann gewiss etwas Obst oder Gemüse hineinlegen. Und die Autofahrer würden sicher einen dicken Fisch, einen fetten Braten oder gar einen Kuchen vorbeibringen.

Bei solcherlei Gedanken lief ihm erneut das Wasser im Mund zusammen. Er merkte, dass er wieder Appetit bekam und verließ seinen Beobachtungsposten.

Am nächsten Morgen eilte er zuerst hinunter zur Straße, um nachzusehen, ob nicht in der Nacht etwas Essbares in seine Gabenkiste gelegt worden war.

Sie war leer und unberührt. Nun ja, dachte der Mönch, wird wohl niemand nächtens vorbeigekommen sein, ging hinauf in seine Klause und saß nach getaner Arbeit wieder auf seinem Schemel an seiner Kirchenmauer.

So gingen die Tage und Wochen ins Land. Der Mönch hatte sich zwischenzeitlich einen neuen Tagesrhythmus zu Eigen gemacht. Erst die Arbeit im Garten und bei seinen Tieren, dann die Mahlzeit.

Seine Tischgebete handelten immer öfter von fetten Braten, runden Kuchen und großen Fischen, nicht von Fürbitte, Gnade und Dank.

Die Andachten fielen nach und nach aus, da die Beobachtung seiner Kiste auf dem Parkplatz immer mehr Zeit in Anspruch nahm.

Er sah Leute auf der Straße kommen und an seiner Kiste Haltmachen, um das Schild zu lesen. Die einen schüttelten nur den Kopf, andere zuckten mit den Schultern, manche zeigten mit dem Finger an die Stirn.

Und alle gingen wieder ihres Weges, ohne etwas in die Kiste gelegt zu haben. Dabei konnte der Mönch deutlich sehen, dass viele auf ihren Eseln oder den kleinen, offenen Pritschenwagen Essbares transportierten.

Erst war er voller Zorn und Wut über die Gleichgültigkeit und Ignoranz seiner Mitmenschen. Mit der Zeit zweifelte er an seiner Idee angesichts seines unverändert kärglichen Speisezettels.

Mit hungrigem und knurrendem Magen verfiel er schließlich in eine tiefe Apathie, die ihn beinahe den Augenblick verpassen ließ, auf den er die letzten Monate gewartet hatte.

Lautes Motorenbrummen schreckte ihn hoch. Ein Auto näherte sich, hielt vor der Kiste an. Ein Mann entstieg dem Wagen, ging zu dem Holzverschlag, legte etwas hinein und fuhr davon.

Mit einem lauten »Heureka, Heureka« sprang der Mönch auf und rannte den Weg mit fliegender Kutte hinunter zur Straße. Atemlos kam er bei seiner Kiste an und nahm in die Hand, was ihm beschert worden war. Es war kein Brot, es war kein Gemüse, es war kein Käse, es war – wahrhaftig – Fleisch, frisch geschlachtetes – Fleisch, eine ganze Hammelkeule.

Der Mönch beroch das Stück von allen Seiten. Bei dem Gedanken an seine Zubereitung lief ihm bereits das Wasser im Munde zusammen.

Er würde es erst mit Knoblauch spicken und dann mit einer Mischung aus Zitrone, Salz, Pfeffer, Thymian und Olivenöl einreiben, sodann langsam über dem offenen Feuer braten, bis es zart und gar war. Dazu würde er sich Zwiebeln, Brot und etwas Wein gönnen. Was für ein Festmahl!

Vielleicht hielt ja ein zweiter Wagen und brachte ihm frisches Brot, Obst oder gar eine Nachspeise.

Je mehr er sich in seinen Genussrausch hineinsteigerte, desto deutlicher fraß sich ein schrecklicher Gedanke langsam und unaufhörlich in sein Gehirn wie ein Maulwurf in die Erde.

Wenn nun auf viele Wochen hinaus kein Auto mehr stoppte, kein Esel mehr hielte, wie es bisher ja auch der Fall gewesen war? Was dann?

Dann hätte er das wunderbare Fleisch gegessen, den Knochen hätte der Hund vertilgt und nichts, aber auch gar nichts würde Zeugnis ablegen von der wunderbaren Spende, die er erhalten hatte.

Was sollte er tun? Ratlos richtete er seinen Blick nach oben. Herrgott, ich danke dir. Dass er darauf nicht gleich gekommen war. Er würde die Keule in seiner Kiste liegen lassen zum Zeichen für alle: kommt und gebt, damit auch euch gegeben werde.

Was, wenn das Fleisch nun schlecht werden, ja sogar

verfaulen sollte? Nicht auszudenken! Ein paar Tage hält es schon durch, ermunterte er sich selbst.

Im Gegenteil, ein bisschen lagern würde ihm nur gut tun. Und wenn die eine oder andere Made sich breit machte – beim Braten würde sie wohl ihre Lebendigkeit einbüßen und durch die Gewürze nichts mehr von ihr zu schmecken sein.

Befriedigt über seinen Entschluss, beroch er seine Beute erneut von allen Seiten, legte die Keule wieder in das Gestell zurück und machte sich langsam auf den Weg nach oben in seine Klause.

Er ließ sich auf seinem Schemel nieder und betrachtete zufrieden mit sich und der Welt seine Umgebung. Sein Blick verlor sich träumerisch auf dem weiten Meer, die Sonne machte ihn schläfrig, und schließlich nickte er ein und träumte von fetten Hammeleintöpfen, gefüllten Hühnern und gebratenen Fischen.

Als er erwachte, war es schon fast Nacht. Schnell lief er hinunter zu seiner Kiste. Die Hammelkeule lag einsam und verlassen. Heute passierte wohl nichts mehr. So ging er zurück zu seiner Kirche, verrichtete erstmals wieder seine Abendandacht und ging zu Bett.

In aller Frühe lief er, bevor er mit seiner täglichen Arbeit begann, zur Straße hinunter. Nichts! Die Hammelkeule hatte sich zu seinem Leidwesen nicht vermehrt.

Es sei denn, er wollte den Fliegenschwarm als Bereicherung betrachten. Ärgerlich scheuchte er sie weg und roch an der Keule. Die Sonne hatte sie ein bisschen eingetrocknet, aber Maden waren noch keine zu sehen.

Seufzend legte er sie wieder zurück. Macht nichts. Heute kommt bestimmt jemand und legt etwas dazu.

Mit einer Handbewegung verscheuchte er die Fliegen und ging zurück zu seiner Klause. Er arbeitete in seinem Garten, betete um weitere Gaben, nahm sein Frühstück zu sich und setzte sich vor seiner Kirche auf seinen Beobachtungsposten.

Was ging da vor sich? Er beugte sich nach vorne, um genauer sehen zu können. Kleine Gestalten huschten zu seiner Kiste, verweilten kurz und entfernten sich wieder.

Womöglich waren das Ratten oder andere Nager, die ihn seiner kostbaren Gabe berauben wollten. Während er darüber nachdachte, bemerkte er einen Raubvogel, der hoch über seiner Kiste kreiste.

Wenn das so weiterging, wurde sein Braten irgendwann die Beute wilder Tiere. Er musste etwas unternehmen. Und wieder hatte er eine göttliche Eingebung.

Hurtig machte er sich an ihre Umsetzung und baute aus dem restlichen Holz, das ihm von der Herstellung des Kastens geblieben war, ein Windrad, an das er Papier, Zweige und alte Blechteile anbrachte, die bei jeder Drehung, die der Wind – gottlob gab es ja genug Wind – verursachte, so viel Geklapper und Geknister erzeugen würden, dass alle Tiere augenblicklich die Flucht ergreifen mussten.

Kaum hatte er es fertig gestellt, eilte er mit dem Windrad nach unten und befestigte es am Kasten. Dann ging er zurück nach oben. Er setzte sich vor sein Kirchlein und beobachtete die Wirkung seiner neuen Konstruktion.

Zunächst schien ihm voller Erfolg beschieden. Keine Ratte wagte mehr, sich dem Gestell zu nähern, nur der Raubvogel zog seine Kreise. Mit einem Sturzflug hatte er versucht, sich die Beute zu holen, aufgrund des Geklappers war er schleunigst wieder abgedreht.

Aufatmend lehnte sich der Mönch zurück und hing seinen Gedanken nach, während er weiter auf nahrungsspendenden Besuch wartete.

Täglich mehrmals besuchte er seine Stellage, einerseits um nachzusehen, ob darin nicht eine neue Gabe gelandet sei, andererseits, um den Zustand seiner Keule zu überprüfen.

Zwischenzeitlich krabbelten die Maden in und auf der Keule herum. Die Wirkung seines Windrads ließ auch nach. Ratten und Mäuse hatten sich schnell daran gewöhnt. Sie statteten der Keule weitere Besuche ab und nagten mit Lust und Gier kleine Löcher hinein.

Einzig die Raubvögel ließen sich noch vom Windrad beeindrucken. Dafür waren Heerscharen von Ameisen aufgetaucht, die zäh und unermüdlich von seiner Keule zehrten.

Es war zum Verzweifeln. Irgendwann hatten Nager, Maden und Ameisen die Keule vertilgt. Nur er hatte nichts von ihr gehabt.

Was am Anfang als Lockmittel für weitere Spender gedacht war, verfehlte inzwischen sein Wirkung vollständig.

Im Gegenteil! In der Umgebung der Kiste breitete sich ein ekelhafter Fäulnisgeruch aus. Hielt endlich einmal jemand an, ergriff er sofort vor der durchdringenden Duftwolke die Flucht.

So entschloss sich der Mönch schweren Herzens sein Experiment abzubrechen. Er hielt sich die Nase zu und holte seine Hammelkeule, um sie zum Verzehr vorzubereiten.

Da er die Keule nicht gut mit nur einer Hand zum Braten vorbereiten konnte, stopfte er sich in jedes Nasenloch ein Stück Stoff und machte sich von den störenden Gerüchen befreit an die Zubereitung.

Vielleicht war es ja dieser Zustand des Nichtriechens, der ihn wieder in genussreiche Träumereien von seiner köstlichen Hammelkeule verfallen ließ.

Jedenfalls schnitt er den Knoblauch in feine Scheiben, schob sie unter die schon etwas schmierige Haut. Er bereitete eine Tunke aus Zitrone, Salz, Pfeffer, Thymian und Olivenöl. Hingebungsvoll rieb er die Keule mit der Tunke ein.

Vorsichtig legte er sie auf den Rost des offenen Kamins. Er schenkte sich ein Glas von seinem letzten Fäßchen Wein ein und schlürfte genießerisch daran, während er den Grillvorgang aufmerksam beobachtete. Geduldig wendete er seinen Braten und übergoss ihn eifrig mit der Tunke.

Vorsichtshalber ließ er die Nasenpfropfen an ihrem Platz. Ab und zu lüftete er sie, um zu schnuppern, ob es schon nach gebratenem Fleisch duftete.

Endlich war es soweit. Tief atmete er den köstlichen Bratengeruch ein. Die Pfropfen wanderten in den Müll. Das würde ein Festmahl werden. Nach mehreren Stichproben hielt er den Garprozess für abgeschlossen. Er schob die Keule an den Rand des Rosts, damit sie nicht verbrennen würde.

Dann deckte er den Tisch, stellte Zwiebeln, Tomaten und für den Abschluss ein Stück vom Ziegenkäse bereit sowie einen ansehnlichen Krug Wein.

Schließlich nahm er den Braten vom Rost und schnitt sich eine ordentliche Scheibe davon ab. Er legte sie auf einen Teller, trug den Teller fast andächtig zum Tisch und nahm zufrieden daran Platz.

Zuerst beschnüffelte er sein Bratenstück. Ein bisschen eigenartig roch es ja schon. Sei's drum. Genüsslich schnitt er sich ein Stück ab und schob es sich in den Mund.

Augenblicklich spuckte er es aus. Pfui Teufel, es schmeckte einfach widerlich. Klatsch, das Bratenstück fiel auf den Boden, und sofort machte sich sein Hund darüber her.

Der Mönch versuchte den fauligen Geschmack in seinem Mund mit einem Schluck Wein wegzuspülen. Es half nichts. Er wurde den ekligen Geschmack, der dem Fleisch anhaftete, nicht mehr los. So kaute er frischen Knoblauch. Das half endlich.

Er starrte seinen Braten an. Nun war alles vergebens gewesen. Das Fleisch war hin, seine schöne Kiste und ihr Inhalt hatte keine Wirkung auf die vorbeikommenden Leute gezeigt.

Er musste sich wie bisher mit dem wenigen begnügen, was er selbst produzierte. Die Keule war einzig für den Hund gut genug. Der Mönch warf ihm den Rest von seinem Teller hin, den der Hund sofort mit Lust verschlang.

Dann machte er sich mit Heißhunger über die Zwiebeln, Tomaten und den Käse her, trank ordentlich Wein dazu und lehnte sich, als alles vertilgt war, mit einem lauten Rülpser zurück.

Wenn ihm schon sein Braten nicht vergönnt war, sollte wenigstens der Hund seine Freude daran haben. Er schnitt eine weitere Scheibe ab und warf sie dem Hund hin.

Er selbst sprach weiterhin dem Wein zu, setzte sich gar gegen alle seine Gewohnheit mit Krug und Becher auf seinen Schemel vor seine Kirchenmauer in die Abenddämmerung, schaute der untergehenden Sonne zu und wurde zusehends betrunkener.

Motorengebrumm störte seinen abendlichen Frieden. Ein Auto hielt vor seiner Kiste, jemand stieg aus, legte etwas hinein, ging wieder zum Wagen zurück und fuhr weg.

Mit stierem Blick verfolgte der Mönch das Geschehen. Das bildete er sich nur ein. Das kam vom vielen Wein. Das war doch sicher eine Halluzination. Unverwandt starrte er auf den Kasten.

Und wenn nun doch etwas darin läge? Unschlüssig rutschte er auf seinem Schemel hin und her. Schließlich überwog seine Neugier, er sprang auf und torkelte den Weg zur Straße hinunter zu seiner Kiste.

Ein Fisch lag darin, wirklich und wahrhaftig ein ganzer Fisch, ein großer noch dazu.

Gerade wollte er sich die Zubereitung ausmalen. Nichts da! Er würde sich nicht mehr an der Nase herumführen lassen.

Sie glaubten wohl alle, er würde den Fisch wieder zum Zeichen des Gebens im Kasten liegen lassen. Da sollten sie sich gründlich verrechnet haben.

Er nahm den Fisch in beide Hände und schleuderte ihn in hohem Bogen ins Meer. Dann drehte er sich um und ging mit sich im Reinen wieder zurück in seine Klause.

Blau, so blau

Markus war dem Wahnsinn nahe. Er hielt es nicht mehr aus ohne sie. Er wollte, er musste sie wiederfinden. Ohne sie konnte er nicht mehr leben. Kurz und bündig nahm er Urlaub, um dahin zurück zu kehren, wo alles begonnen hatte. Schnell stopfte er ein paar Kleidungsstücke in seine Reisetasche, eilte zum Flughafen und flog mit der nächstbesten Maschine zu seiner geliebten Insel.

Im Flugzeug versuchte er ein wenig zu schlafen. Vergeblich. Sie ließ ihn einfach nicht los. Er konnte nur an sie denken. Er wollte, er musste sie wiederfinden. Sein Leben hatte sonst keinen Sinn mehr. Aber wenn sie sich einfach nicht zeigen wollte?

Vielleicht liebte sie ihn ja gar nicht. Was, wenn alles vergeblich wäre? Dann wollte er wenigstens all das auskosten, was ihm die Insel lebens- und liebenswert machte.

Er wollte sich der Sonne, dem Meer und dem schönen Geschlecht hingeben, vor allem aber dem Meer.

Für ihn war es höchste Erfüllung, aufs Meer hinaus zu schwimmen, einem Fisch in sein dunkles Versteck zu folgen, aus der Tiefe des Meeres der Sonne entgegen wieder aufzutauchen, in langen Zügen zum Strand zurück zu kraulen, sich in der Sonne zu aalen, nur um sich erneut in die kühlenden Fluten zu stürzen.

Noch einmal wollte er in seinem Lieblingsrestaurant Fisch und Wein genießen und dabei den roten Sonnenball ins Meer versinken sehen.

Bei einem Cognac wollte er die langsame Verfärbung des Himmels ins immer dunklere Blau begrüßen, bis Meer und Himmel sich zu einem einzigen Ozean tiefer Schwärze verbanden, gespickt von den einsamen Lichtern der Fischerboote und der Sterne.

Noch einmal wollte er sich in seiner Stammdisco im Wirbel hämmernder Musik drehen, seine Verführungskünste ausspielen, einen orgiastischen Höhepunkt genießen und morgens neben einer Königin der Nacht erwachen.

Auf der Insel angekommen, nahm er ein Taxi und ließ sich in den kleinen Ort an der Südküste bringen, den er aufgrund einer Besonderheit so liebte.

Etwa fünfhundert Meter vom Strand entfernt gab es im Meer eine Untiefe. Zuweilen sprudelte und schäumte das Meer dort draußen, als wenn ein unterirdischer Geysir ans Licht drängte.

Vom Strand aus war das Phänomen gut zu beobachten. Geschichten und Sagen rankten sich um diesen Ort. Sie interessierten ihn nicht sonderlich.

Ihn faszinierte die Färbung des Wassers, ein fast unwirkliches Blau. Viele Male war er dort schon getaucht. Nie hatte er die Ursache dieses Blaus herausfinden können.

Er wußte, wie gefährlich es war, in den Strudel gezogen zu werden. Schon manches Mal war er der Verführung dieser Farbe erlegen, wurde beinahe selbst von dem Wirbel erfasst und war nur mit knapper Not dem Ertrinken entgangen.

Die Hauptsaison hatte gerade erst begonnen. Das Appartement in der Nähe des Strands, das er gewöhnlich im Voraus buchte, war zum Glück noch frei.

Als allererstes ging er auf den Balkon und lauschte dem Geräusch der nahen Brandung, das als zärtliches Flüstern in sein Ohr drang und ihn nach und nach ganz erfüllte. Er musste zum Strand, er musste zum Meer.

Fast fluchtartig verließ er sein Zimmer, um zum Strand zu rennen. Dort angekommen ließ er sich in den Sand fallen. Sein Blick folgte den Fußstapfen, die sich ins Nichts verloren. Er betrachtete versonnen die Muscheln, die auf Kinderhände warteten. Seine Gedanken glitten über die Wellen hinaus bis zum Horizont, wo sich Himmel und Meer begegneten.

Er ließ sich einfangen von der Musik der Wasser, dem gleichmäßigen Rhythmus der Brandung, den überraschenden Brechern und dem sanften Geräusch der weißgeschäumten Wellen, die sich im Sand verliefen.

Er suchte sein Blau. War es überhaupt noch vorhanden? Doch, da war es. Wieso sollte es auch verschwunden sein. Und wie zu seiner Begrüßung schäumte das Meer hoch auf gleich einem Springbrunnen und fiel dann wieder in sich zusammen.

Sonst erzählten ihm die zerstäubenden Wellen immer Geschichten von glitzernden Palästen und zauberhaften Prinzessinnen. Diesmal spiegelte sich der wolkenverhangene Himmel im Grau des Meeres wie in einem Abbild seiner Seele.

Die sanft das Ufer anrollenden Wellen säuselten eindringlich und verführerisch: »Komm und vertrau uns, wir tragen dich, wir umhüllen dich, du wirst schweben, du wirst sinken, du wirst alles vergessen.«

Nein und noch mal nein. Er wollte nicht vergessen. Er wollte sie und nur sie wiederfinden.

Markus sammelte Muscheln und setzte mit ihnen geistesabwesend ein Mosaik in den Sand, während sein bisheriges Leben an ihm vorüber zog.

Er arbeitete als Model. Er verdiente gut. In der Szene war er bekannt und beliebt. Mädchen und Jungen umschwärmten ihn gleichermaßen. Die einen himmelten ihn an, die anderen beneideten ihn um seinen Lebensstil.

Gedankenlos genoss er ihre Hingabe und nahm sich für die Nacht, auf wen er gerade Lust hatte, ob Mädchen oder Junge, das war ihm gleichgültig.

Dass er nicht nur vor der Kamera zu enormen Leistungen fähig war, verbreitete sich wie ein Lauffeuer. So hatte er Liebschaften gehabt wie Sandkörner am Strand.

Niemanden hatte er wirklich an sich heran gelassen. Seine tiefschwarzen undurchdringlichen Augen, das dunkelblonde gewellte Haar, die kühn geschwungene Nase und der Duft seines Eau de Toilette waren alles, was seine Eroberungen in Erinnerung behalten durften.

Der Mensch Markus verbarg sich vor ihnen, verbarg vor allem seine wahre und einzige Liebe, das Meer. Ihr widmete er seine ganze Freizeit. Wann immer er es ermöglichen konnte, flog er allein zu sonnigen Stränden in verschwiegenen Buchten.

Was für ein Hochgefühl, auf den Wellen des Meeres zu reiten, im Einklang mit ihm seine Berge zu erklimmen und in seine Täler zu tauchen. Das größte Glücksgefühl überkam ihn, wenn er fast bewegungslos im Wasser lag, sich tragen ließ, gestreichelt und geküsst von seiner einzig wahren Muse.

Jahraus, jahrein lebte er so im Einklang mit sich selbst, bis sie aufgetaucht war.

Er verlebte gerade eine Woche Urlaub auf seiner Insel. Schnell, schnell was erleben, ein bisschen Sonne tanken, sich dem Meer hingeben, abends in die Disco, ein Mädchen oder einen Jungen aufreißen. War ja alles so einfach.

Am vierten Tag lag er immer noch allein am Strand, blinzelte in die Sonne und beobachtete die Badenixen. Keine, die ihn wirklich reizte. Keiner, der nur annähernd seinen Ansprüchen genügte.

Kompromisse ging er nicht gern ein. Hatte er ja auch gar nicht nötig. Sah er nicht umwerfend aus? Hatte er nicht eine Traumfigur? Was also war los mit ihm?

Sollte er tatsächlich erfolglos die Heimreise antreten müssen? Morgen war auch noch ein Tag. Morgen klappte es bestimmt.

Er wandte sich dem Meer zu und wollte ein bisschen träumen, bevor er sich erneut in die Fluten stürzte. Sein Blick glitt über das Wasser.

Der Strudel schäumte und sprudelte. Langes, schwarzes Haar tauchte auf, dann ein Gesicht. Er erhob sich, um genauer sehen zu können.

Dort schwamm ja eine Frau! Was hatte sie bei der Untiefe zu suchen? Wusste sie nicht, wie gefährlich es dort war? Sollte er ihr entgegen schwimmen? Vielleicht benötigte sie Hilfe.

Da war sie fast schon am Strand. Ihm stockte der Atem. Ein Wesen gleich der schaumgeborenen Aphrodite entstieg den Fluten.

Er musste sie mit einem so verblödeten Ausdruck angestarrt haben, dass sie in schallendes Gelächter ausbrach.

Markus trat auf sie zu. »Was ist so komisch an mir?«

Sie stand nun vor ihm, sah ihn flüchtig an, ging weiter zu ihrem Liegestuhl und trocknete sich mit lasziven Bewegungen den braunen Körper ab, ohne ihn weiter zu beachten.

Er versuchte, sie mit seinen Blicken zu umschmeicheln, ihre Augen auf sich zu ziehen. Sie reagierte einfach nicht.

Er ging zu ihr. »Darf ich dich zu einem Drink einladen?« Etwas Besseres fiel ihm nicht ein.

»Warum nicht.« Sie ging mit wiegenden Hüften voran zur Bar. Er folgte, ihre Figur, ihren Hüftschwung bewundernd.

Das war seine erste Begegnung mit ihr. Damals glaubte er noch zwei, drei heiße Nächte vor sich zu haben. Ab nach Hause und dann die Nächste.

Nach dem Drink verabredeten sie sich für das Abendessen. »Ich hole dich an deinem Hotel ab.«

»Wir treffen uns im Restaurant«, lehnte sie ab und ging einfach. Er schaute ihr verblüfft nach.

Als er sich von seinem Erstaunen erholt hatte, war sie weg. Er hatte ihr gar nicht sagen können, wo er mit ihr essen wollte. Wie wollte sie ihn denn finden? Wie ein Anfänger hatte er sich benommen. Selbst das Meer bereitete ihm nun keine rechte Freude mehr.

Er ging zurück zu seinem Appartement, legte sich hin, um in Erwartung einer langen Nacht noch etwas Schlaf zu tanken.

Markus träumte.

Er sah sie vor sich in diesem engen weißen Kleid aus Seide, in dem sie ihn verlassen hatte. Fast zärtlich schmiegte es sich um ihre Rundungen. Der Wind brachte es zum Flattern. Mit den Augen verfolgte er ihre Kurven und steigerte sich immer mehr in Ekstase. Sie lag neben ihm, nackt und ihm ganz hingegeben. Mit geschlossenen Augen ertasteten seine Hände ihren Körper, mit seinen Lippen spürte er ihre erogenen Zonen auf, bis sie ganz eins wurden und in einem gemeinsamen Schrei Erlösung fanden. Er rollte von ihr herunter, tastete nach ihr, fand sie nicht. Sie war nicht da, der Schrei war nur sein eigener. Und der feuchte Fleck auf dem Leintuch sprach ausschließlich für die Intensität seines Traums.

Es war schon fast Abend. Zeit für seine Verabredung. Noch etwas durcheinander erhob er sich. Hatte er sie tatsächlich getroffen, oder entsprang sie nur seiner von der Sonne erhitzten Fantasie?

Er wusste nicht einmal ihren Namen. Ihre Begegnung war so wirklich gewesen.

Um wieder einen klaren Kopf zu bekommen, setzte er sich einer kalten Dusche aus. Schnell zog er sich an und eilte zum Restaurant, in dem er mit ihr essen wollte.

Der Kellner begrüßte ihn als Stammgast besonders herzlich und wies ihm seinen Lieblingstisch zu, direkt an der Brüstung über der Steilküste.

An schönen Tagen lieferten die Brecher eine angenehme Tischmusik, die ein trautes Gespräch zu zweit ohne unerwünschte Zuhörer erlaubten.

Bei Regen oder Sturm brachen sich die Wellen mit wütendem Gebrüll an den vorgelagerten Felsen und schwappten sogar bis in die Terrasse herein. Dann war es ein ungemütlicher Ort.

Er bestellte einen Apéritif und wartete. Ob sie wohl kommen würde? Erwartungsvoll nippte er an seinem Sherry. Mehrmals drehte er sich nach allen Seiten um. Sie war nicht zu sehen.

Und da, da stand sie plötzlich leibhaftig in der Tür zur Terrasse und lächelte ihn an.

Ein wundervolles Kleid aus leicht durchsichtigem, blauem Chiffon umschmeichelte ihren Körper. Ihre Figur zeichnete sich als Silhouette darunter ab. Kein Büstenhalter, kein Slip störte diesen vollkommenen Anblick. Langes, schwarzes Haar mit einem Stich ins Rote fiel offen bis zu einem wohlgeformten Popo und bildete einen wunderbaren Kontrast zur Farbe des Kleides.

Langsam schwebte sie zu ihm herüber, begrüßte ihn mit einem sanften »Hallo«. »Woher wusstest du …?« Sie legte einen Finger auf seinen Mund. Es wurde ein traumhafter Abend.

Sie hatte die gleiche Vorliebe für Langustinos wie er. Beide bestellten je sieben Stück, dazu Papas und gemischten Salat. Auf die Vorspeise verzichteten sie. Ein leichter trockener Sommerwein rundete den Genuss ab.

Die Unterhaltung plätscherte dahin zwischen »Wer bist du« und »Ich weiß nicht«, »Woher kommst du« und »Rate«. Belangloses Geplauder, das nichts erklären, nichts ergründen, den Zauber nicht stören wollte.

In schweigender Übereinstimmung betrachteten sie die Sonne, die langsam im Meer versank, schlürften ihren Osborne und erst als die Dunkelheit, nur unterbrochen von den Windlichtern auf den Tischen, sie ganz in ihre samtweichen Tücher eingehüllt hatte, merkten sie, dass sie die einzigen Gäste waren.

»Ich zahle morgen.« Der Kellner lächelte verständnisvoll. Wie im Traum schlenderten sie durch die dunklen Gassen zu seinem Appartement.

Kein Drink mehr. Keine überflüssige Unterhaltung. Kein Licht.

Kaum im Wohnraum angekommen, ließ sie ihr Kleid fallen und stand nackt vor ihm, schwach beschienen von den Laternen der Gasse, die ein Wellenspiel von Licht und Schatten auf ihren Körper zauberten.

Markus zerrte sich Hose und Hemd so hastig vom Leib, dass das Hemd dabei zerriss. Er griff nach ihr, zog sie an sich und bedeckte erst ihr Gesicht, dann ihre Brüste und schließlich ihren ganzen Körper mit Küssen, tanzte mit seiner Zunge über ihre Haut, bis sie beide langsam auf den Teppich niedersanken.

Auf dem Höhepunkt glaubte er in einer Woge der Lust zu ertrinken. Sie liebten sich bis zum Morgengrauen, viele Male, unersättlich, trunken vor Wonne, sich aufgebend, ganz eins werdend.

Als die ersten Sonnenstrahlen das Meer abtasteten, stand sie abrupt auf, zog ihr Kleid über und verschwand mit den Worten »Wir sehen uns.« Er konnte ihr gerade noch nachrufen »Heute mittag am Strand«. Sie war weg. Er versank in einen tiefen traumlosen Schlaf.

Mittags tummelte er sich am Strand. Sie war nicht da. Er wartete auf sie, wartete bis zur Dämmerung. Sie kam nicht. Er schlenderte durch die Gassen des Dorfes. Vielleicht traf er sie.

Es war schon dunkel, als er sein Appartement betrat in der vagen Hoffnung, sie würde dort auf ihn warten. Auch hier war sie nicht.

Er eilte in sein Restaurant. Vielleicht saß sie dort schon bei einem Glas Wein und wartete auf ihn. Es wurde ein einsames Abendessen.

In den nächsten Tagen bewegte er sich zwischen Strand, Restaurant und Appartement wie in Trance.

Er suchte sie an allen möglichen und unmöglichen Orten. Er sehnte, wünschte, fluchte sie herbei. Nichts half. Sie war und blieb verschwunden.

Niemand hatte sie gesehen, niemand kannte sie. Auch der Kellner in seinem Stammrestaurant hatte keine Ahnung, wer sie war und woher sie kam.

Schließlich ging sein Flugzeug. Markus musste nach Hause zurück, zu seinem Job und seinem gewohnten Leben.

Sie ging ihm nicht mehr aus dem Kopf. Sie war in seinen Träumen. Sie beherrschte seine Gedanken und Sinne bei Tag und bei Nacht. Jede Nacht schlief er mit ihr, nur um morgens festzustellen, dass es ein Traum gewesen war.

Er verstrickte sich tiefer und tiefer in eine verhängnisvolle Leidenschaft zu ihr, war ihr verfallen, ausgeliefert, gefangen in einem feinen Gespinst aus Liebe, Lust, Abhängigkeit und Wahn.

Andere Frauen hatten keine Bedeutung mehr für ihn, er vernachlässigte seinen Job und wurde gleichgültig gegen sich selbst. Seine Sehnsucht nach ihr stieg ins Unermessliche. Schließlich hielt er es nicht mehr aus, nahm Urlaub und flog wieder an den Ort ihrer ersten und einzigen Begegnung,

Er betrachtete das fertige Mosaik. Ohne es zu merken hatte er eine perfekte Silhouette von ihr mit den Muscheln in den Sand gelegt.

Sinnlos, dachte er, alles sinnlos. Er zerstörte das Mosaik und warf die Muscheln ins Meer. Er watete ins Wasser.

Verzweifelt wollte er die Muscheln in dem Blau versenken, aus dem sie gekommen war. Immer weiter ging er ins Meer hinaus und warf die Muscheln so weit er konnte. Schließlich stand er bis zum Hals im Wasser. Da erst traf er mitten ins Blau.

Das Blau schäumte wild auf, und mitten im sprudelnden Wasser glaubte er schwarzes, langes Haar zu erkennen.

Er warf sich in die Fluten und schwamm mit schnellen Zügen darauf zu. Er tauchte in die Tiefe seines Blaus.

Und dann sah er sie.

Die schwarzen Haare spielten verführerisch um ihre nackten Brüste. Ihr Unterkörper war über und über mit Schuppen bedeckt, die in diesem magischen Blau schimmerten.

Es war ihm egal, wer oder was sie war. Er streckte die Hand nach ihr aus, sie ergriff sie und gemeinsam tauchten sie tiefer und tiefer in die unendliche Bläue hinab.

Lange suchte man nach Markus. Vergeblich. Das Meer gab ihn nicht mehr her. Erst Monate später wurde seine Leiche an den Strand gespült. Unversehrt, kein bisschen aufgedunsen, als wenn das Meer ihn nie verschluckt hätte. Sein Haar war ausgebleicht zu einem hellen Blond. Und die Farbe seiner Augen hatte sich verändert. Sie strahlten in einem unglaublichen, fast unwirklichen Blau.

Traum

Der Mann träumt. Er träumt oft in letzter Zeit. Manchmal erinnert er sich an seinen Traum, manchmal nicht. Ein Traum kehrt ständig wieder. An ihn kann er sich immer erinnern.

Er befindet sich im Freien. Die Gegend ist seltsam unwirklich. Schemenhaft erkennt er Bäume und Sträucher. Nebelschwaden hängen träge in den Zweigen und verbergen den Boden.

Neben ihm geht seine Frau. Sie hat kein Gesicht. Aber er ist ganz sicher, dass sie es ist. Sie redet heftig auf ihn ein. Aufmerksam hört er ihr zu. So sehr er sich auch bemüht, er kann ihre Worte nicht hören. Plötzlich ist sie weg. Als wenn sie sich in Luft aufgelöst hätte.

Er findet sich in einer Stadt wieder. Dort sucht er nach seiner Frau. Menschen ohne Gesichter beleben die Straßen. Niemand spricht ein Wort. Alle sehen ihn an. Er erkundigt sich nach seiner Frau. Sie verstehen ihn nicht, schütteln den Kopf. Nirgends kann er seine Frau finden.

Erschöpft setzt er sich auf einen Baumstumpf am Straßenrand. Die Straßen verschwinden. Er ist wieder in der Landschaft voller Bäume und Sträucher. Die Nebelschwaden haben sich aufgelöst. Er kann den Boden erkennen. Kein Gras wächst darauf, keine Erde bedeckt ihn. Der Boden besteht nur aus Asche, staubiger schwarzer Asche.

Er ruft nach seiner Frau. Schweigen breitet sich aus. Schweigen so dicht wie Nebelschwaden. Abgrundtiefes Schweigen.

Er versteht den Traum nicht. Seine Frau hat ihn schon vor langer, langer Zeit verlassen. Wieso träumt er jetzt von ihr? Warum kann er ihre Worte nicht hören?

Und die Leute. Wieso können sie ihn nicht verstehen. Er will wissen, was das alles bedeutet.

Er geht vors Haus. Die Nacht ist dunkel. Der Mond ist nicht zu sehen. Ob wohl Neumond ist? Oder ist der Mond noch gar nicht auf gegangen? Der Mann weiß es nicht.

Er grübelt über seinen Traum nach und betrachtet dabei die Sterne am Himmel, folgt der Bahn der Milchstraße mit ihren Millionen Lichtpunkten.

Ich will die Sterne fragen. »Was bedeutet mein Traum?«

Alle Sterne reden durcheinander. Ein großer, hell leuchtender Stern gebietet den anderen Schweigen.

»Ich erzähle dir eine Geschichte. Früher war ich sehr geschäftig. Ich habe viel gelernt auf der Schule, in der Universität. Später habe ich den ganzen Tag gearbeitet, von früh bis spät, tagaus, tagein. Ständig war ich beschäftigt. Dann bin ich gestorben, unvermutet, ohne Vorwarnung. Jetzt bin ich hier oben. Ich mache gar nichts. Ich blicke herunter auf die Welt und wundere mich, wie geschäftig sie alle da unten sind.«

Der Mann schüttelt verständnislos den Kopf. Was erzählt er mir da? Das hat doch gar nichts mit meinem Traum zu tun. Er geht ins Haus. Vom Nachdenken ist er müde. Er legt sich wieder ins Bett, schläft ein. Er träumt den gleichen Traum.

Der Mann erwacht, geht vors Haus. Diesmal leuchtet der Mond hell und klar. Er fragt den Mond. »Kannst

du mir meinen Traum erklären?« Und der Mond ant-
wortet.

»Ich erzähle dir eine Geschichte. Seit Anbeginn der
Zeit ziehe ich hier oben meine Bahn. Ich habe Völker
kommen und gehen, Reiche entstehen und zerfallen sehen. Menschen werden geboren und sterben. So geht
das Jahr für Jahr seit Anbeginn der Zeit. Ich allein bin
immer noch da und ziehe meine Bahnen.«

Der Mann wundert sich über die Geschichte. Er geht
wieder ins Bett, schläft ein und träumt erneut diesen
einen Traum. Als er diesmal erwacht, ist es heller Tag.
Die Sonne brennt vom Himmel.

»Ich habe die Sterne gefragt und den Mond. Sie alle
können mir meinen Traum nicht erklären. Kannst du
es?«, erkundigt er sich bei der Sonne.

»Ich will dir eine Geschichte erzählen. Jeden Morgen
erscheine ich im Osten. Ich bringe alles zum Wachsen
und Blühen. Wer mir zu nahe kommt, den verbrenne
ich. Und am Abend verschwinde ich im Westen. Seit Ur-
zeiten geht das schon so. Es langweilt mich. Ich möchte
etwas verändern. Aber ich bin dazu verdammt, morgens
auf- und abends unterzugehen.«

Es ist Abend geworden. Die Sonne ist hinter dem Horizont verschwunden. Alle nehmen sich so wichtig, denkt
der Mann. Sie sind doch nicht alleine auf der Welt, die
Sterne, der Mond und die Sonne.

Der Mann geht zurück ins Haus. Er geht ins Bett und
träumt seinen Traum. Er erwacht. Es ist so dunkel. Ob

es wohl noch Nacht ist? Ich will noch mal den Mond fragen. Der Mann geht vors Haus.

Es ist schon Tag. Dunkle Wolken verdüstern den Himmel. Es stürmt und regnet. Er fragt den Wind.

»Kannst du mir meinen Traum erklären?«

»Was fragst du mich?«, braust der Wind, »ich habe keine Zeit. Ich muss die Wolken jagen. Frag doch den Regen.«

Der Mann wendet sich an den Regen und erzählt ihm seinen Traum und die Geschichten, die Sonne, Mond und Stern ihm erzählt haben.

»Alles Unsinn«, speit ihm der Regen ins Gesicht. »Einer allein ist nichts. Zusammen schaffen wir Leben und Sterben.«

Und schon ist er weiter. Der Wind vertreibt die Wolken. Die Sonne steht hoch am Himmel und trocknet die feuchte Erde.

Keiner kann mir meinen Traum erklären. Warum soll ich noch wach bleiben. Ich will lieber wieder schlafen. Vielleicht geht der Traum weiter und erklärt sich mir.

Der Mann ist über seinen Fragen alt und müde geworden. Er geht zurück ins Haus und legt sich am hellichten Tag ins Bett.

Er schläft sofort ein. Er träumt nicht mehr. Er schläft einen tiefen, ewigen Schlaf. Er wird nie wieder träumen.